向島心中

風烈廻り与力・青柳剣一郎⑮

小杉健治

祥伝社文庫

目次

第一章　情死

一

二月二十日の夜。

四つ（午後十時）の浅草寺《せんそうじ》の鐘《かね》が聞こえた。張見世《はりみせ》の終わりを告げる引け四つの拍子木《ひょうしぎ》が鳴るのは、実際には一刻（二時間）ずれて九つ（午前零《れい》時）である。

「支度はいいか」

この日、花鶴《はなつる》の客として上がった富次《とみじ》が言う。

「いいわ」

花鶴の言葉は、もう里言葉ではない。花鶴は笄《こうがい》をすべて外し、赤の格子《こうし》の寝間着姿になっていた。

他の座敷の客が梯子段《はしごだん》を下りて行ったのを確かめてから、

「じゃあ、行きますぜ」

と、富次が声をかけた。

「はい」

富次のあとに続いて廊下に出る。

廓《くるわ》の若い者の姿も見えない。

厠《かわや》まで走り、富次が窓の下でしゃがむ。花鶴はその肩に足をかけた。

富次が踏ん張って立ち上がる。花鶴の手が障子《しょうじ》に楽に届いた。

障子を開けて、花鶴は窓を乗り越えた。富次もよじ登り、窓から屋根に飛び出た。

裏通りだ。

突き当たりに湯屋の軒行灯《のきあんどん》が見える。

富次に導かれ、天水桶《てんすいおけ》を足場にして地べたにおりる。そこから、路地突き当たりの厠まで走り、厠の裏で富次が用意していた黒羽二重《くろはぶたえ》の着物に着替え、頭に黒い布をかぶった。

僧侶《そうりょ》が吉原《よしわら》の大門をくぐることは女犯《にょぼん》になる。そのため、船宿で衣装を着替え、姿を変えて廓に入り込む。

花鶴はその僧侶が扮装《ふんそう》した姿を真似《まね》たのだ。

富次はさらに隠してあった『大櫛屋《おおくしや》』の箱提灯《はこぢょうちん》を引っ張り出し、火を点《つ》けた。

「よし」

富次は掛け声を出し、提灯を持って先に立った。花鶴が続き、そのまま仲《なか》の町《まち》の通りに出た。

水道尻《すいどうじり》から大門までのまっすぐの道である。両側には茶屋が並んでいる。『大櫛屋』の若い者が客を大門まで見送るという体《てい》を装っているのだ。そして、その客はこっそり遊びに来た僧侶というのが、富次が描いた脱廓の手筈《てはず》である。

廓の周囲は高い黒塀《くろべい》と鉄漿溝《おはぐろどぶ》で囲まれている。遊女の逃亡を防ぐために、九つある跳《は》ね橋は皆上げられていて、廓からの出入り口はただ一つ、大門しかなかった。

仲の町には、引き上げる客が目についた。

沢次郎《さわじろう》会いたさに、花鶴は必死だった。富次は大門を抜ける自信があるようだ。大門の両脇には面番所と四郎兵衛《しろべえ》会所がある。ここから出入りを監視されているのだ。

大門に近づき、花鶴は動悸《どうき》が激しくなった。


あれはひと月前のことだった。

昨夜来の冷たい雨がしとしと心に染《し》みるように降り注いでいる。

さっきから、沢次郎は思い詰めた目をしたまま、じっと口を真一文字に結んでいた。今夜は来たときから、いつものきびきびした態度は影を潜《ひそ》め、目もどこか虚《うつ》ろだった。

「ぬしさん、どうしやんした？」

花鶴は沢次郎の青ざめた顔を覗《のぞ》き込んできいた。

沢次郎は顔を上げた。冷たい雨に打たれて悄然《しょうぜん》としている男の姿に、花鶴の小さな胸が針で刺されるように痛んだ。

「私は……」

沢次郎が口を開いた。

「もうすぐ、国元に帰らなければならない。もう二度と江戸に来ることは出来ない」

去年、参勤交代の殿さまに従い、江戸にやって来た。一年の江戸勤番を終え、この春には殿さまのお供で国に帰る。

「ぬしさんに会えないのはつろうありんす」

花鶴は胸が締めつけられた。

「花鶴。私は、おまえなしでは生きて行けぬ」

沢次郎は乱暴に酒をあおった。

「うれしゅうござんす」

花鶴は男の純情がたまらなくいとおしかった。

十六の歳から苦界《くがい》に身を沈め、はや六年。その間、何度か病に臥《ふ》し、そのたびに借金が膨《ふく》らみ、十年の年季もさらに延《の》びている。

国なまりを隠すための里言葉がいまではすっかり身についたことが悲しい。そんな花鶴の前に客として現れたのが、沢次郎だった。

沢次郎は北国の藩の武士だ。一年間の江戸勤番を終え、国に帰る日が近づいて来て、沢次郎は心を乱している。

おまえと会えないと思うと、胸が裂《さ》かれそうになる。そう言い、沢次郎は男のくせに、そして武士のくせに、身もだえをして泣くのだ。

花鶴は弟をあやすように、

「また、江戸に出て来たときに、会えりゃんす。わちきも悲しくありんすが、仕方ないでありんす」

花鶴も沢次郎と会えなくなることは辛《つら》い。

沢次郎が花鶴の客になったのは去年の夏、蟬《せみ》が鳴き始めていたころだ。ひとりで茶屋を通してやって来た。

秀でた眉《まゆ》に、切れ長の目、口を真一文字に結び、清々《すがすが》しい若者に思えた。いくぶん緊張しているらしいことも、花鶴には微笑《ほほえ》ましかった。

あるとき、沢次郎にきいた。

「どうして、わちきを選んでくださりんすか。もっと若くて、美しい花魁《おいらん》はたくさんおりんすのに」

「三年前の御酉《おとり》さまだ」

沢次郎は答えた。

前回の江戸勤番で、沢次郎は三年前の四月に江戸にやって来た。その年の酉の市に出掛けたのだと言う。

「朋輩《ほうばい》に誘われ、渋々出掛けた」

浅草寺の境内《けいだい》から流れ出たような群衆は、浅草田圃《あさくさたんぼ》の中にある鷲《おおとり》神社に向かう。また、行き交う善男善女《ぜんなんぜんにょ》は手に大きな熊手や小振りの熊手を持っている。

御酉さまに出掛ける女たちはきれいに着飾り、髪に華やかな飾りをつけ、男たちも着物や帯だけでなく、雪駄《せった》、草履《ぞうり》も綺羅《きら》を競う。

鷲神社の境内の内外には熊手を売る露店《ろてん》が立ち並んでいる。縁起物の熊手を買い求めようという善男善女で境内はひしめきあっていた。

その先には、吉原があり、男たちは御酉さま詣《もう》でを口実に吉原に足を向ける。

この日に限り、普段は大門以外は上げられている跳ね橋が下ろされ、九つすべての門が開け放たれ、通行が可能となるために、遊廓《ゆうかく》の中を見物していく者も多く、吉原へのひとの流れが続いている。

吉原を見てみようと、朋輩が言い、沢次郎は気は進まなかったが、それに従った。小さな熊手を持った男たちの流れに身を任せているうちに、水道尻から廓に入った。

仲の町の賑《にぎ》わいは鷲神社に負けなかった。

紅殻格子《べんがらごうし》の遊女屋に、沢次郎は目を奪われて、感嘆《かんたん》の声を上げていた。朋輩も、大《おお》籬《まがき》の格子の中にいる花魁をうっとりして眺めた。

『大櫛屋』の前にやって来て、沢次郎は大籬の中を見た。美しい花魁がたくさんいた。

「その中に、おまえがいた。私はひと目で惹《ひ》かれたのだ。花鶴という名も、そのとき知った。それからの私は魂が抜き取られたようになった」

沢次郎は目を潤《うる》ませた。

「今回、江戸勤番を願い出て許された。おまえへの気持ちを抑え切れずに、あるところからお金を借り、会いに来たのだ。ひと目会えれば、それで満足だった。そう思っていた。ところが、おまえと別れ、大門を出たところから、私はおまえのことが無性に恋しくなってしまった。今、別れたばかりなのに……」

そういう純情な男を、花鶴は可愛いと思うようになった。

その情に引きずられたように、花鶴もまた、沢次郎へと想いが傾斜していった。沢次郎に金がなければ、花鶴が自ら金を出して、沢次郎を廓に上げた。

廓でも、沢次郎が花鶴の間夫《まぶ》だという評判は立っていた。

「お国にお帰りはいつになりんす？」

花鶴は途方に暮れたように悄然としている沢次郎にきいた。

「四月か五月。あとふた月か三月《みつき》後には、おまえと別れなければならぬ。いや、今までも、おまえに会うことなど叶《かな》わぬのに、おまえのおかげで、こうして会うことが出来た。それだけでも仕合わせだったというべきだ」

沢次郎は目を潤ませた。

「沢次郎さん。わちきもつらいでありんす」

沢次郎は本名ではない。一度、私のほんとうの名は、と言いかけたのを、花鶴は止めたことがある。

「ふたりは俗世間ではめぐり合えなかった身。沢次郎と花鶴。その名こそ、今のふたりには似つかわしいでありんす」

外は冷たい雨が降っている。こんな日は心が弱くなる。だが、この夜の沢次郎は傷ついた小鳥のようにもっと弱々しかった。

何かあったのだと、思わざるを得なかった。

「お屋敷で、何かありんしたか」

花鶴は心配してきいた。

「私は自分がやっていることがおぞましい。おまえと会うためだと割り切っていても、私はよくないことをしている」

沢次郎は何かに苦しんでいる。そのことから逃れるために想いを向けてくるのか。いや、違う。私への想い故《ゆえ》に、何かよからぬことに加担しているのだ。

沢次郎はやさしく繊細《せんさい》な心の持ち主だ。自分のすべてを私に捧げてくれている。そんな気がした。

「沢次郎さん。少し窶《やつ》れられんしたな」

花鶴は沢次郎の顔に手をやり、痛ましげに言う。花鶴は、沢次郎の心がかなり弱っているのに気づいた。

私がいなければ、この男はほんとうに生きていけないのかもしれない。

廂《ひさし》を打ちつける雨音が遠音に聞こえる三味線《しゃみせん》の音に思えた。

浄瑠璃《じょうるり》には想いを寄せ合った男女の悲しい末路を語ったものが多い。出口のないふたりの仲を現世《うつしょ》で守ることが出来ないならば、浄瑠璃で語られたような行く末をその通りに進んで行くのも、ふたりにふさわしいかもしれない。

だから、沢次郎から、

「花鶴。ふたりで暮らすにはあの世でしかない」

と言われたとき、にっこり笑って頷《うなず》き、

「じゃあ、ふたりであの世に」

と、言い返した。

生きていたとしても、この苦界からいつ抜け出せるかわからない。いつか死ぬ身ならば、納得のいく死に方をしてみたい。好きな男と死ぬことこそ、仕合わせだ。花鶴はそう思った。

「ありがとう」

沢次郎は照れたように言った。

「きっと、あの世で……」

あの世で、いっしょになろうと、花鶴は誓《ちか》った。

ただ、花鶴は遊廓内で、死ぬことは避けたかった。抱え主に迷惑がかかるからだ。

奉行所の役人の検視にかかる時間もそうだが、その費用は抱え主が負担しなければならず、さらに、心中があった部屋の畳《たたみ》や調度品などをすべて替えなくてはならない。その費用も抱え主が負担する。多大な迷惑がかかることは避けたいと思った。

仁義礼智忠信孝悌《じんぎれいちちゅうしんこうてい》を失ったことから亡八《ぼうはち》と呼ばれる廓の亭主に恩義などまったくないが、迷惑だけはかけたくなかった。

だが、廓のほうも、花鶴が身銭《みぜに》を切って、沢次郎を上げることから、不安を持っているらしく、沢次郎が座敷に上がると、警戒する廓の若い者の見まわりが厳しい。

死ぬなら、廓の外で、という花鶴の願いに、

「わかった。ここを抜け出す算段をしよう」

と、沢次郎は言ってくれたのだ。

「でも、廓を抜け出すことは無理でありんす」

「いや。やってやれないことはない」

「よい考えがありんすかえ」

「私によく仕えてくれる男がいる。その男の手をかりよう」

「だいじょうぶでありんすか」

花鶴は不安を覚えた。

「心配ない。富次という男だ。その者に手伝わせる」

沢次郎は目をぎらつかせて言った。


その言葉どおり、そして、手筈どおりに、今夜、富次が客としてやって来て、こうして、富次の手で、花鶴は廓を抜けようとしていた。

大門の前には提灯を持った若い者と帰りの客が言葉を交わし、また、遊女や振袖新造《ふりそでしんぞ》と共に騒ぎながらやって来る大尽《だいじん》ふうの客もいて、四つ過ぎの大門の前は見送る者、見送られる者でごった返していた。

富次は僧侶の客を見送る遊女屋の若い衆を装い、くすねて来た箱提灯を持っている。

花鶴は四郎兵衛会所に警戒の目をはわせる。思ったより、はるかに容易に、花鶴は大門の外に出た。

富次はいったん引き返した。

大門を出た花鶴は五十間道《ごじっけんみち》をひた走った。衣紋坂《えもんざか》を日本堤《にほんづつみ》に駆け上がると見返り柳がある。その陰から沢次郎が迎え出た。

「花鶴。待っていた」

沢次郎が手を伸ばす。その手につかまり、花鶴は沢次郎と共に日本堤を山谷《さんや》方面に向かった。死出への道行だった。

二

翌日の朝。

青柳剣一郎《あおやぎけんいちろう》は隅田堤《すみだづつみ》を吾妻橋《あずまばし》に向かった。昼食の支度か、百姓家から白い煙が立ちのぼっている。

剣一郎の剣術の師である真下治五郎《ましたじごろう》を見舞っての帰りだった。黒の羽二重の着流しに、深編笠《ふかあみがさ》をかぶっている。

真下治五郎は江戸柳生《やぎゅう》の新陰《しんかげ》流の達人で、鳥越《とりごえ》神社の裏手に道場を構えていた。その道場を伜《せがれ》に譲り、二十一歳も年下の妻女とふたりで向島《むこうじま》で隠居暮らしをしているのだ。

ゆうべ、真下治五郎の伜から使いが来て、父が体調を崩《くず》していると言って来た。きょうは非番なので、剣一郎は朝早く見舞いに行った。治五郎はやつれていたが、声はしっかりしていた。

野良仕事をしながら隠居生活を送っている治五郎は、剣を持っていたときと比べ、すっかり好々爺《こうこうや》になっていた。

若い妻女のおいくも、この一年でだいぶ歳をとったように思われる。自分に万一のことがあればおいくのことを頼むと、治五郎は常々言っており、そのことだけが心配のようだった。

しかし、治五郎の容体が落ち着いているとわかり、剣一郎は昼前に治五郎の家をあとにした。

どんよりとした空模様である。長命寺《ちょうめいじ》まで戻って来ると、数人の男が大八車を引っ張って、土手に上がって来た。その横に、羽織姿の痩身《そうしん》の男が歩いている。覆《おお》われた筵《むしろ》から土色になった手がはみ出していた。死人だとわかった。

剣一郎は呼び止めた。

「待て、どうしたのだ?」

深編笠をとると、傍《そば》に付き添っていた羽織姿の男が、

「これは、青柳さま」

と、あわてて辞儀《じぎ》をした。

剣一郎の顔を見たことがなくとも、左頬《ほお》にある青痣《あおあざ》が、剣一郎の正体を明かしてい

た。

「私は廓内の『大櫛屋』の亭主甚兵衛《じんべえ》にございます。じつは、花鶴という花魁が廓から逃げ出し、寺島村《てらじま》にある掘っ建て小屋で自害いたしました。その亡骸《なきがら》を引き取って来たところでございます」

「奉行所には届けてあるのか」

「いえ」

甚兵衛が困惑《こんわく》ぎみに答えた。

「なに、届けないで、内々で済まそうとしたのか」

剣一郎は叱《しか》るように言う。

甚兵衛は首をすくめ、

「申し訳ありませぬ。どうぞ、お許しを」

と、頭を下げた。

「念のためだ。亡骸を検《あらた》めさせてもらう」

剣一郎は合掌してから筵をめくった。

蠟《ろう》のようなまっ白な顔が目に飛び込んだ。小作りな顔立ちで、唇《くちびる》が微《かす》かに開いていて、死してもまだ色香を漂《ただよ》わせていた。

胸に、刃物で突き刺した跡があった。

「甚兵衛。これは自分でこしらえた傷ではない。正直に申せ」

「恐れ入ります」

甚兵衛はうろたえた。

「相対死《あいたいじに》だな」

剣一郎は表情を強張《こわば》らせている甚兵衛にきいた。

「はい」

「相手は？」

「お侍《さむらい》さまです」

「侍？　直参《じきさん》か」

直参ではないかと、胸を痛めた。

遊女と直参の心中事件で有名なのは天明《てんめい》五年（一七八五）の旗本藤枝外記《ふじえだげき》と吉原の遊女あやぎぬの心中だ。

「いえ、勤番者でございます」

傍にいた若い者が忌《い》ま忌ましげに口許を歪《ゆが》めた。

「どこぞの御家中か」

「それが……」

「どうした？」

「はい。数人の侍がやって来て、相手の侍の亡骸を大八車で運んで行ってしまいました」

「家名に傷がつくと思ったか。その者たちはどっちへ」

「へえ。秋葉《あきば》神社のほうに行きました。おそらく本所《ほんじょ》あたりのお屋敷ではないでしょうか。あちらさまが、そうせよと。奉行所のほうには、よしなに届けておくということでございました。それで、安心して、こうやって亡骸を運ぶところでございました」

「相手の侍は幾《いく》つぐらいだ？」

「二十五、六歳のお侍さまでした。花鶴のところに通い詰めでした。だいじょうぶか、と気にしていた矢先にこのようなことになってしまいました」

現場に引き返させるか。

しかし、すでに相手の亡骸は家中の者に引き取られたという。片方だけを検視しても意味がない。

それより、この亡骸をこのままにしておくほうが可哀《かわい》そうだ、と剣一郎は思った。

「あいわかった。この亡骸を運んでよい。ただし、奉行所の者が検視に行く。それまで『大櫛屋』の一間に、安置させておくように」

心中した遊女は菰《こも》にくるまれ、浄閑寺《じょうかんじ》に投げ込まれる。剣一郎は、花鶴という女を哀《あわ》れに思った。

「あっ、それでは、『大櫛屋』の箕輪《みのわ》の寮ではいけませぬか。廓内ですと、何かと騒ぎが大きくなってしまいます」

「うむ。いいだろう。ただし、丁重にな」

「はい。そのようにいたします」

「最後にきいておきたい。どうして、そなたは心中の現場がわかったのだ」

剣一郎は腑《ふ》に落ちないことを確かめた。

「若い者が、昨夜から寺島村を探し回っておりました。すると、数人のお侍さまが駆《か》けていくのを見つけたのです。そのあとをつけると、使われていない掘っ建て小屋に入って行きました。そこに、心中死体が見つかったのです」

「では、先に、お屋敷の者が見つけたと言うのか」

「そうです。で、年配のお侍が、若い者に亭主を呼んで参れというので、すぐに、若い者が私を呼びに来たというわけでございます」

「すると、そなたが駆けつけるまで、その武士たちは亡骸をそのままにして待っていたと言うのか」

「さようでございます。あとあとのために、私にふたりのことを確認させたかったようです」

「そなたは、侍の亡骸も確かめたのか」

「はい。花鶴のところに通っておいでの若いお侍さまでした。脇差《わきざし》をご自分の腹に刺したままでした。花鶴の胸を刺し、そのあとでご自分の腹を裂いたのは間違いありません」

甚兵衛は腰を折って言う。

「そのあとで、亡骸をお屋敷の者が運び出したのだな」

「さようでございます」

せめて、数日間はふたりの亡骸をいっしょにしてやれなかったのか。心中した行為は許せないが、そこまでしたふたりの想いをもう少し汲《く》んでやってもよかったように思う。

「わかった。掘っ建て小屋の場所は？」

「この水路沿いでして、ちょうど川をはさんで秋葉権現《ごんげん》の裏手になります」

「よし。行ってよい。死体とわからぬように、もう少し何かをかぶせたほうがよい」

「畏《かしこ》まりました」

甚兵衛が指図し、若い者が筵を掛け直した。

大八車が去って行く。

もう一度、剣一郎は手を合わせた。あの花魁は情死の相手と引き離されたあげく、浄閑寺に犬猫の亡骸のように放り込まれる。それを思うと、不憫《ふびん》でならない。

好き合った者同士が現世で添《そ》うことが叶わず、来世へともに旅立ったのに、埋葬《まいそう》されるのは別々だ。

死んでも何もならぬ、と剣一郎は亡くなったふたりを責めた。だが、その一方で、ままならぬ世の中で、懸命に生きたふたりが哀れになった。

深編笠をかぶり、剣一郎は水路沿いを行く。

いくつか、腑に落ちないところがある。なぜ、相手の家中の者は、現場に急ぐことが出来たのか。どこの家中の者か。いずれ、奉行所にその家中から連絡があるだろうが、その前に確かめておきたいと思った。

田畑に冷たい水が張っている。百姓家もひっそりとしている。

右手に、名高い料理屋の屋根が見え、その先に、秋葉大権現の杜《もり》が見えた。

川の傍に、掘っ建て小屋が見えた。

剣一郎はそこに足を向けた。納屋《なや》として使っていたものか、それとも宿無しの者が仮住まいをしていたのか。

戸を開けた。線香の匂いが残っていた。

板塀の裂け目から射し込む明かりを照り返して何かが光った。剣一郎は藁《わら》の上に落ちていた簪《かんざし》を拾った。

銀の簪だ。花鶴のものだろう。吉原の廓から抜け出た花鶴はどこかで若い侍と落ち合い、ここまでやって来た。ここで最期のひとときを過ごしたのだ。

ふたりの胸中を思いやり、胸が苦しくなった。

剣一郎は外に出た。上空を黒い雲が覆っている。まだ、昼なのに夕方のように暗い。陰鬱《いんうつ》な空だ。

侍の亡骸はどこに運ばれたのか。大八車は秋葉神社のほうに向かったというから、行く先は本所だ。本所には大名の下屋敷が多い。

亡骸を乗せた大八車のあとを追って、剣一郎は秋葉神社に足を向けた。

途中、百姓家で訊《たず》ねると、大八車が業平《なりひら》橋に向かったのを見たという。剣一郎は足を業平橋に向けた。

隅田川から業平橋までを源森川《げんもり》といい、そこから横川《よこ》になる。剣一郎は横川沿いをしばらく行き、再び百姓家に寄って、大八車の目撃者を求めた。

三軒目に訪ねた百姓の女房が、本法寺《ほんぽうじ》の手前を左に折れ、押上村《おしあげ》のほうに行くのを見ていた。

剣一郎はさらに行く。

そして、途中、大八車は右に曲がり、竪《たて》川方面に向かったことがわかった。

やがて、武家地にやって来た。剣一郎は今度は辻番小屋できいて、さらに錦糸《きんし》堀を渡った。

また、辻番小屋があったので、剣一郎は小屋に近づいた。

「数人の侍に引かれた大八車が通ったと思われるが、どのほうに行ったか、おわかりか」

と、剣一郎は深編笠をはずしてきいた。

年寄の辻番が、

「そこの酒井《さかい》さまの中屋敷だと思います。酒井さまの御家中の顔がありましたから」

「酒井さま?」

本所界隈《かいわい》には酒井と名のつくお屋敷が幾《いく》つかある。

たとえば、今渡って来た錦糸堀の傍には、越前敦賀《えちぜんつるが》の一万石の藩主酒井右京亮《うきょうのすけ》、本所石原表町には、上野伊勢崎《こうずけいせさき》二万石藩主酒井下野守忠強《しもつけのかみただつよ》の中屋敷がある。そして、目の前にある酒井家は、出羽庄内《でわしょうない》藩の酒井左衛門尉《さえもんのじょう》の中屋敷だと、辻番の年寄が言った。

上屋敷は藩主の住まいであり、中屋敷は藩主の世子《せいし》や隠居の住まい、そして下屋敷は蔵屋敷か別宅として使われる。

庄内藩酒井家の下屋敷は、柳橋《やなぎ》の西、神田《かんだ》川沿いにある。その河岸《かし》は、酒井の殿さまの名をとって、左衛門《さえもん》河岸と呼ばれている。

吉原の『大櫛屋』の花魁、花鶴の相手は庄内藩酒井家の家中の者だったのか、と剣一郎は感慨《かんがい》を覚えた。

剣一郎が目を見張ったのには理由があった。伜剣之助《せがれけんのすけ》がゆえあって、今は庄内藩の領内である湊町酒田《みなとまちさかた》にいるからであった。

いずれ、酒井家より奉行所、あるいは代官に知らせがあるだろう。

剣一郎は酒井家中屋敷の前を過ぎて、竪川に出て、引き上げた。

三

翌日、剣一郎は奉行所に出仕した。

きょうは風もなく、穏やかな日和《ひより》だった。風烈廻りの見廻りには、同心の礒島源太郎《いそじまげんたろう》と只野平四郎《ただのへいしろう》のふたりが出掛けて行った。

朝一番で、年番方の筆頭与力宇野清左衛門《うのせいざえもん》に会おうとしたが、早々と清左衛門に来客があった。

年番方与力は奉行所全般の取り締まりから、与力・同心たちの監督などを行なう。奉行所の最高の実力者であり、与力の最古参で有能な者が務めた。

南町奉行所には年番方与力はふたりいるが、宇野清左衛門が実質的には南町を仕切っているといってよい。お奉行といえど、宇野清左衛門を頼らねば町奉行としての職をまっとうすることは出来ない。

したがって、宇野清左衛門には大名から旗本、商家の主人などの客が絶えることはなかった。

今も、来客中らしく、別間に行っている。

半刻（一時間）ほどしてから、剣一郎は見習いの坂本時次郎《さかもとときじろう》に、

「すまぬが、宇野さまの様子を見てきてくれぬか。客人が帰ったようなら、お時間があるかきいてきてもらいたい」

と、頼んだ。

「はい。畏まりました」

時次郎はすぐに与力部屋を出て行った。

時次郎は剣之助と同い年で、いっしょに与力見習いになったのである。

「宇野さまがすぐに来ていただきたいとのことでございます」

と、戻ってくるなり闊達《かったつ》な声で言った。

「あいわかった。時次郎、なんだか、うれしそうだな。よいことでもあったか」

いつになく明るい様子の時次郎に訊ねた。

「はい。じつは剣之助どのよりお手紙をちょうだいいたしました。お元気で過ごしているとのこと、まことに安堵しました」

時次郎は元気に答えた。

「そうか。それはよかった」

剣之助も、だいぶ余裕が出て来たのだろう。

剣之助は、酒田の豪商のひとりである万屋庄五郎《よろずやしょうごろう》の世話になっているという。ともに江戸から逃げた志乃《しの》もいっしょだ。

いつか、万屋庄五郎に礼を言わねばならぬと思いながら、剣一郎は立ち上がり、年番方与力の部屋に向かった。

いつものように厳《いか》めしい顔つきで、宇野清左衛門が待っていた。

「おう、青柳どの。これへ。わしも話があったのだ」

宇野清左衛門が扇子《せんす》をもって招いた。

剣一郎は膝《ひざ》を折ったまま進む。

「宇野さまのお話からお伺《うかが》いいたします」

「いや、青柳どのから。何かあったのか」

朝の挨拶《あいさつ》ももどかしいように、宇野清左衛門がきいた。剣一郎のほうからやって来たことで、何かが起こったと思ったようだ。

「では、私から」

剣一郎は居住まいを正してから、

「じつは、きのう向島で、心中死体を運ぶ一行と出くわしました」

と、一部始終を話した。

「相手の侍は、出羽庄内藩酒井どのの御家中のようにございます」

「さようか」

清左衛門は難しい顔をした。

「何か」

剣一郎は訝《いぶか》しくきいたが、清左衛門の顔色からあることを察した。

「さては、先程の来客とは酒井家から」

「さすが、青柳どの。そのとおりだ」

清左衛門は深くため息をついた。

「では、さっそく相対死について報告があったのですね」

「さよう。ことを穏便《おんびん》にすませたいと言うてな」

おそらくいくばくかの金子《きんす》を持参したのであろう。

「あそこからは付け届けをだいぶいただいている。そのように始末するしかあるまい」

家来が江戸で不祥事《ふしょうじ》を起こしたり、町中で事件に巻き込まれたりしたときに備え、各大名は常々、奉行所に付け届けをしている。また、奉行所だけでなく、特定の与力や同心に対しても日頃から付け届けがある。

酒井家は体面を考え、亡骸を強引に引き取って行ったのであろう。

「青柳どの。いろいろ言いたいこともあろうが、こらえてもらいたい。じつは、長谷《はせ》川《がわ》四郎兵衛《しろべえ》どのがすっかり請け負ってしまったのだ」

長谷川四郎兵衛は内与力である。奉行の懐刀《ふところがたな》を自認するだけあって、自分の言葉はお奉行の言葉だと心得よと、臆面《おくめん》もなく言う。

長谷川四郎兵衛も付け届けのない相手だった場合には、強い態度で出たのだろうが、酒井家からは付け届けもあり、ましてや譜代《ふだい》の名門であり、どうしようもなかったのだと、宇野清左衛門は言う。

元和《げんな》八年（一六二二）に酒井忠勝《ただかつ》が庄内に移って以来、代々続いて来た藩である。忠勝は、徳川四天王《してんのう》の筆頭酒井忠次《ただつぐ》の嫡孫《ちゃくそん》である。

剣一郎はやむを得ないと引き下がるしかなかった。

「ただ、このままでは我が方としても、立場がない。検視をさせていただくという条件で、折り合いをつけたのだ」

宇野清左衛門は一矢《いっし》を報いたように言った。

「で、相手の侍は誰なのですか」

「大出俊太郎《おおいでしゅんたろう》という武士だそうだ」

「大出俊太郎ですね」

剣一郎は脳裏に刻《きざ》んだ。

「去年から、江戸詰だったそうだ」

「では、宇野さまのお話とは、そのことでしたか」

剣一郎は確かめた。

「うむ。めったな者を検視にやれぬ。青柳どのに行ってもらいたいのだ」

清左衛門は拝《おが》むように言う。

「何もないと思うが、ほんとうに相対死かどうか確かめてもらいたい」

「わかりました。乗り掛かった船と申します。『大櫛屋』への検視の役目もお引き受けいたします」

「そうか。青柳どのにこのような役目をお願いするのは心苦しいが、相手は譜代の酒井家。慎重にことを運びたい」

「承知いたしました」

じつは、剣一郎は幾つか不審に思う点があった。

なぜ、酒井家の家中の者は、あの寺島村の廃屋に、いち早く、亡骸を引き取りに行くことが出来たのか、そのことだけでも確かめようと思った。

その日の午後、剣一郎は当番方の同心を伴い、馬で奉行所を出立した。日頃、町廻りは徒歩《かち》であり、ほとんど馬に乗ることはない。だが、検視与力として、剣一郎は馬上のひととなった。

馬上から眺める町並みは、見慣れた風景と違っている。いつもは見上げる屋根も目の高さに見え、行き交うひとも足元に這《は》うように見える。

身分の象徴のような気がし、剣一郎は町中を馬で走ることを好まない。

剣一郎は馬をすすめ、両国橋《りょうごくばし》を渡り、本所四つ目の酒井家の中屋敷に向かった。

剣一郎は馬から下り、門前に立った。

陣笠《じんがさ》をかぶり、火事羽織に野袴《のばかま》という出《い》で立《た》ちである。同心が門を叩くと、門番が門を開けた。

「南町奉行所与力青柳剣一郎と申す。役儀により、まかり越した。案内をお頼みいたす」

出て来た白髪《しらが》まじりの用人ふうの武士が腰を折って、剣一郎を中に招き入れた。用人は、国木田源左衛門《くにきだげんざえもん》と名乗った。全身から針のように鋭い敵意のようなものを感じたが、それは一瞬だった。

式台から上がり、廊下を伝い、奥の間に向かった。剣一郎のあとに、ふたりの同心もついて来た。

側室が住んでいるのは別の館であろう。

「こちらでございます」

国木田源左衛門が納戸《なんど》のような部屋の前で立ち止まった。

先に待っていた家来が腰を落とし、障子を開けた。部屋に窓はなく、隅に行灯の明かりがあるだけだ。

「どうぞ、お入りくだされ」

剣一郎は座敷に足を踏み入れた。布団の上に、若い武士が横たわっていた。

「大出俊太郎にございます」

国木田源左衛門が言う。

「大出俊太郎の身分は？」

剣一郎はきく。

「御徒組《おかちぐみ》にござる」

「御徒組？」

剣一郎は国木田源左衛門から傍らの若い家来に目をやった。目が合うと、若い家来の目があわてたように微かに泳いだ。いや、そう見えたのは気のせいだったか。

「ここに、大出俊太郎の脇差がございます」

国木田源左衛門が言う。

白い布に包まれた刀が枕元に置いてあった。それを受け取り、剣一郎は布を広げた。

血糊《ちのり》のついた脇差の抜き身が現れた。

「それでは検分の間、外に出ていていただきたい」

剣一郎は国木田源左衛門と若い武士を部屋から出した。

行灯を近づけさせ、剣一郎はふたりの同心に遺体の傷を検《あらた》めるように命じた。

同心がすぐに布団をまくり、遺体を検めた。

「青柳さま」

同心が呼んだ。

剣一郎は遺体の傍に近寄った。そして、露《あら》わになった腹部を見る。覚悟の死らしく、見事に腹をかっさばいている。

他に外傷はない。切腹による死に間違いなかった。念のために、剣一郎は同心に命じて、大出俊太郎の体を起こし、腹部の傷を確かめた。

第三者が切腹に見せかけて殺したことはないか。だが、明らかに自らの手による所業であった。

死後一日半は経っている。

どこにも不審な点はなかった。少なくとも、大出俊太郎が切腹したことは疑いようがなかった。

同心が記録をとり終えてから、剣一郎は、国木田源左衛門を呼んだ。

「少し、お訊ねしたいことがございます」

剣一郎は源左衛門に顔を向けた。

「では、こちらにてお伺いいたしましょう」

源左衛門は剣一郎を別間に招いた。同心も従う。

部屋の真ん中で差し向かいになってから、

「口書をとらせていただいてよろしいでしょうか」

「構わぬ」

源左衛門は素直に応じる。

「では、お訊ねいたします。こちらのご家来が、情死の現場に早く到着したようですが、どうして、そういう真似が出来たのか教えていただきたい」

と、剣一郎はきいた。

「大出俊太郎はかねてより、深川の海産物問屋『出羽屋《でわ》』から金を借りて、夜な夜な吉原に出掛けておりました。そのことを心配した『出羽屋』の主人が、大出俊太郎に確かめたところ、吉原の花魁ともう引き返せないところまで行ってしまったとしんみり話したのだそうです。それで、主人は心中するのではないかと気に病み、大出俊太郎のあとを番頭の富次につけさせた。その富次が、心中の現場を見つけ、いち早く知らせに来たというわけです」

源左衛門は必要以上に身構えながら説明する。その態度に剣一郎は微かに違和感を覚えた。

「その番頭には、『出羽屋』に行けば、会えますか」

「きょうは、屋敷に呼んであります」

源左衛門が応じ、すぐに傍にいた家来に耳打ちした。

家来はすぐに立ち上がって、部屋を出て行った。

それから、幾つかのことを訊ね、同心が口書に書き込む。

「以上です」

剣一郎は聞くべきことは聞いたと判断した。

「ありがとうござった」

源左衛門は紫の袱紗《ふくさ》包みを寄越した。

「これは、お手間をとらせましたお詫《わ》びと御礼をかねまして」

「あ、いや」

剣一郎は手で制した。

「このようなことをしていただかなくとも、奉行所のほうもわかっております。どうぞ、お引き下げください」

剣一郎は固辞《こじ》した。

「なれど」

「いや。このような真似をなさらぬとも、ご心配無用にござる。確かに、切腹の傷を見届けました」

剣一郎は再度差し出された包みを押し返した。

玄関の脇に、羽織を着た町人が控えていた。

「この者が『出羽屋』の番頭の富次にござる」

源左衛門が言う。

「そなたが大出俊太郎の情死の現場を見つけたのか」

剣一郎はきいた。

「はい。さようで」

富次は剣一郎の顔を窺うように答えた。

どこか、抜け目なさそうな顔をした男だ。

「心中するところに居合わせたのか」

「いえ、違います。ふたりがあの廃屋で落ち合ったので、しばらくその場にいましたが、様子がおかしいので、こいつはいけないと思いまして、お屋敷に知らせに走った次第でございます」

「お屋敷とは上屋敷か」

「いえ、ここです」

「大出俊太郎は、上屋敷から寺島村に向かったのではないか」

「青柳どの。きのうは、この屋敷に国表から荷が届き、その仕分け作業の手伝いに何人かがやって来ていたのだ」

源左衛門が割って入った。

酒井家の中屋敷はここ以外に、もうひとつ別にある。この中屋敷はほとんど下屋敷のような使い方をしているようだ。

「そなたは、いつも上屋敷に出入りをしているのではないのか」

「さようでございます。ただ、荷が入ったとき、私どももここにお手伝いに上がります。届いた荷を『出羽屋』でも取り扱わせていただいておりますので」

富次が答える。

何か今ひとつ腑に落ちない面もあったが、それが何かはっきりわからない。この富次にしても、番頭にしては目つきが鋭い。だが、それ以上追及する根拠は見つからず、剣一郎は切りあげるしかなかった。

「よし。ごくろうだった」

「はい」

富次は逃げるように引き上げて行った。その身のこなしに、崩れたものを感じたが、あえて呼び止めるようなことはしなかった。

「これで、私の役目は終わりました」

剣一郎は源左衛門に声をかけた。

門に向かうとき、御長屋のほうを見た。数人の武士がいた。なんとなくぴりぴりした空気を感じ取っていた。

しかし、剣一郎はそのまま、表門を出た。

再び、馬に乗り、剣一郎は箕輪に向かった。

陽は傾きはじめている。すでに吉原の『大櫛屋』には、検視に行くと、使いを走らせてある。

浅草を経て、剣一郎は『大櫛屋』の寮に向かった。

馬を門前の木に結わき、剣一郎は寮に入って行った。

「青柳さま。ごくろうさまにございます」

甚兵衛が迎え出た。

「こちらでございます」

甚兵衛は先に立って案内した。

落ち着いた佇《たたず》まいの寮だ。柴垣の向こうに田圃が広がっている。

離れに、花鶴は横たえられていた。死んでも美しい顔を保っている。

同心に検めるように言う。

さっそく同心が花鶴の胸元を広げた。心の臓の辺りに深い傷があった。

大出俊太郎の脇差によってつけられたものであろう。まず、大出俊太郎は花鶴の心の臓を刺し、その後に切腹したことは明白だった。

「相手は、庄内藩の大出俊太郎という者だった。名は知っていたか」

剣一郎は甚兵衛にきいた。

「大出俊太郎さまですか。店では、沢次郎と名乗っておいでででした」

「沢次郎とな」

「はい。いつも、顔を隠すようにして、花鶴のところに通っておりました。身元を知られないように注意を払っていたのでしょうか」

「大出俊太郎は、花鶴に会うために、借金をしていたというが、花鶴を身請《みう》けでもしようとしていたのか」

「いえ、そんなはずはありません」

甚兵衛は否定した。

「どういうことだ？」

「沢次郎は、最近は揚代《あげだい》はびた一文だしていないはずです」

「出していないとは？」

「はい。ふたりは抜き差しならぬ仲になっておりました。花鶴は、自ら金を出して、沢次郎と会っていたのでございます。私も、まずいと思っておりました」

「まずいと言うのは？」

「花鶴の借金が膨らむだけですし、心中されてはかないませんから、用心していたところでした」

「そのような懸念《けねん》はあったのか」

「ございました」

「それにしても、花鶴が自ら揚代を払っていたというのは妙だ」

酒井家の用人の話と食い違っている。

「そなたは、情死の現場で、相手の男を確認しているのだな」

「はい。確かめました。沢次郎でした」

「間違いないか」

「花鶴をあんなにした憎き男にございます。間違うはずはありませぬ」

亡骸を検めた限りにおいては、不審な点はない。

その他に細かいことを聞いてから、

「よいだろう。丁重に葬ってやるように」

と、剣一郎は言った。

「はい。畏まりました」

剣一郎は検視を済ませ、奉行所に戻った。

報告書をまとめなければならないのだが、剣一郎は結論を出すのがなぜか、ためらわれた。

四

翌朝、剣一郎が奉行所に出仕すると、当番方の若い与力がやって来て、

「青柳さま。情死事件のことで、お客人が来られております」

と、告げた。

剣一郎は着替えを済ませてから客間に向かった。

客間に、宇野清左衛門と気品のある老武士が差し向かいで語り合っていた。

「お待たせいたしました。青柳剣一郎でございます」

剣一郎は膝に手をおいて頭を下げた。

「青柳どの。こちらは、昌平坂《しょうへいざか》学問所で教官をやっておられる藤尾陣内《ふじおじんない》どのだ」

宇野清左衛門が剣一郎に引き合わせた。

「藤尾陣内にござる」

老武士は軽く頭を下げてから背筋をしゃんと伸ばした。

「あなたが藤尾先生ですか。かねてより、ご高名は伺っております」

剣一郎は威儀《いぎ》を正した。

「恐れ入りまする」

藤尾陣内は儒学《じゅがく》者として名が知られている。

昌平坂学問所は直参に限らず、藩士も通うことが出来る。ここで、勉学に励み、その後国元に帰り、藩校の教授になったり、私学を開いたりする者もいる。

「藤尾どのは、情死事件についてききたいことがあるそうだ」

「どのようなことでございましょうか」

剣一郎は訝しく思ってきいた。

「庄内藩士大出俊太郎どのが情死したと知り、幾つかお訊ねしたいのです」

藤尾陣内から意外な名が出た。

「先生は大出俊太郎どのをご存じなのですか」

「はい。じつは、大出どのは私の家に熱心に通っておられました」

「先生のところに？」

「さようでございます。国元の庄内藩には致道館《ちどうかん》という藩校があるとのこと。しかし、その藩校の学問は徂徠学《そらいがく》を根本にしております」

「ほう、徂徠学ですか」

幕府は朱子学《しゅし》を取り入れており、昌平坂学問所で教えているのは、当然朱子学である。

「大出どのは朱子学に興味を持たれ、学問所にて受講を願っておりましたが、藩は朱子学を排斥《はいせき》しているゆえ、学問所に入ることは出来ません。それで、こっそり我が家に学びに来ておりました。誠に熱意溢《あふ》れる青年でございました」

「熱心に？」

「はい。一昨日ときのう、我が家にやって来ることになっておりましたが、現れませぬ。それで、きのう上屋敷に使いを走らせたところ、死んだという。それも、相対死というではありませぬか。大出どのが遊女と心中したことはまったくもって解《げ》せませぬ」

「学問に身を入れすぎた反動とも考えられますが」

　剣一郎はあえて反論してみた。

「しかし、死ぬ二日前に我が家に来ましたが、そのようなわついたところは微塵《みじん》も感じられませんでした」

　藤尾陣内の真剣な表情に、剣一郎はふと、中屋敷でのことを思い出した。御長屋のほうに数人の武士がいて、ぴりぴりした空気が漂っていたのだ。

何かある。心中の現場に家中の者がいち早く駆けつけたことも、気になっていたのだ。

「青柳どの。私にはわからぬのです。あのような有能な若者が学問を捨て、女と共に命まで捨てたことが」

「お気持ちはわかります。しかし、私が検視をしましたが、紛《まぎ》れもなく、脇差で女の胸を突き、その後に自らの腹を切ったことは間違いありませぬ」

「そうですか」

落胆のため息をもらし、藤尾陣内は言った。

「私はあの若者が我が家にやって来るのが楽しみでした。いや、いつまでもこんなことを言っていては愚痴《ぐち》というもの。大出俊太郎は好きな女子《おなご》と死出の旅立ち。本望だったのでしょう」

藤尾陣内は自分自身に言い聞かせるように言い、

「勝手に押しかけて申し訳ございませんでした」

と丁寧に挨拶をし、立ち上がった。

「いえ、お目にかかれて光栄でございました」

藤尾陣内を見送ってから、剣一郎は与力部屋に戻ったが、なぜか心が落ち着かなかった。報告書をまとめようとした手が止まったままだ。

大出俊太郎は朱子学を熱心に勉強していた。そういう男がいったん女に惚《ほ》れたら、一途になり、周囲が見えず、行き着くところまで行ってしまうのだろうか。

剣一郎は立ち上がった。

その日の昼下がり、剣一郎は錦糸堀にある酒井家中屋敷を再び訪ねた。

ふいの訪問だったが、用人の国木田源左衛門は屋敷にいた。

「きのうはごくろうさまでございました。して、何か、ご不審の点でも?」

源左衛門は警戒気味にきいた。

「どうも私は歳とともに物分かりが悪くなり、往生《おうじょう》しております。どうか、お許しください」

剣一郎は頭を下げた。

「いやいや。青柳どのがそうであれば、私のほうこそ、どうしようもござらぬ」

源左衛門が冗談にまぎらして言ったが、目は鋭く剣一郎を見据《みす》えている。

「大出俊太郎どのは、昌平坂学問所の教官、藤尾陣内先生の家に通われていたとお聞きしました。学問に熱心だったといいます。そんな人間が、吉原の花魁に夢中になるのかと、ちと疑問に思いました」

剣一郎はさりげなく口にする。

「確かに、大出は学問に熱心でした。おそらく、女のことを忘れようと学問に没頭していたやに見える」

「だが、女のことを忘れられなかったというのですね」

「そうでござる。それに、学問に熱心だったと言うが、それは、藤尾先生の好意的なお言葉でござろう。実際の大出俊太郎はそれほどの学問の徒ではありませなんだ」

源左衛門は大出俊太郎を貶《おとし》めるように言い、さらに、

「また、大出は花魁に会いに行くために、『出羽屋』から金を借りており、返済を迫られておりました。そのことも、死に踏み切った理由かと存じます」

「そのことでございます。私がわからないのは」

剣一郎は相手を焦《じ》らすようにわざと深刻そうな顔をし、もったいぶった。

「何がわからないのでござるか」

「花魁の抱え主によると、花魁が身銭を切って、沢次郎を部屋に上げていたそうです。そう、廓では沢次郎と名乗っていたそうです」

「身銭を？」

　源左衛門は眉根を寄せた。

「ええ。ですから、大出どのは花魁に会うために金を工面《くめん》する必要はなかったのです」

「しかし、大出俊太郎が金を借りていたのは事実だ」

　そう言ってから、源左衛門は、すぐに、落ち着いた声になり、

「青柳どの。ご不審な点があれば、当方で調べ、後日、我が殿からお奉行どのにご報告させてもらおう」

　明らかな脅《おど》しだった。

　そんな脅しに屈する剣一郎ではない。

「いや。たとえ、お奉行にお話しされても、ことは解決いたしませぬ。あくまでも、この私が納得いたしませぬと。報告書をまとめるのは私ですから」

　源左衛門はいやそうな顔をした。

「ところで、大出どのの亡骸はどうなされましたか」

「塩漬けにし、鶴岡《つるおか》へ出立いたした」

「なんと、もう出立されたのですか」

剣一郎は驚いた。

「早く、生まれ故郷に葬ってやりたいのでな」

なんと手回しのよいことか。

「ところで、今回の騒ぎは上屋敷も承知しておられるのですか」

「もちろんだ」

「『出羽屋』は、深川でございましたね」

剣一郎は確かめた。

「さよう」

源左衛門は不快そうに言う。たかが、奉行所の与力風情《ふぜい》がという侮《あなど》りの色がありありと浮かんでいる。

「では、これにて失礼つかまつる」

剣一郎は立ち上がった。

酒井家の中屋敷を出てから、剣一郎は深川の海産物問屋『出羽屋』に足を向けた。

大横《おおよこ》川沿いを歩き、小名木《おなぎ》川にさしかかったとき、背後から町駕籠《かご》が剣一郎を追い抜いて行った。武士が乗っていた。

駕籠は新高橋《しんたか》を渡って行った。

『出羽屋』は仙台堀《せんだいぼり》にかかる亀久橋《かめひさ》の近くにあった。

ここの主人は鶴岡の出身ということもあり、早くから、酒井家とつながりが出来て、この十年で、いっきに店が大きくなった。

剣一郎は客間に通され、主人の豊五郎《とよごろう》と差し向かいになった。

「お初にお目にかかります。豊五郎にございます。青柳さまのご尊名はかねてより存じておりました」

豊五郎は剣一郎と同じ歳ぐらいか。妙に落ち着きのある男だった。

「きょう来たのは、酒井家の大出俊太郎のことで少々お訊ねしたいことがあるのだ」

剣一郎は用件を切り出した。

「大出俊太郎がこちらから金を借りていたと聞いたが、間違いないか」

「はい。お貸しいたしておりました」

「いくらだ」

「すべてで五十両ほどになりましょうか」

「五十両とな」

「はい。ただし、この半年はお貸ししておりませぬ。これ以上はお貸し出来ないと断ったためです」

「半年前まで？」

「さようにございます。どうやら、吉原の遊興費に使っているらしいことがわかり、お貸しするのをやめたのでございます。ところが、最近になって、また金を貸して欲しいと言って来ました。きっぱりお断り申し上げ、それより、今までお貸ししたぶんの返済をお願いしますと迫りました」

用人の源左衛門は、半年前までとは言っていなかった。もっとも、借金があったのは事実だから、源左衛門の言葉は間違いではないが……。

『大櫛屋』の甚兵衛は、花鶴が自分で金を払って、大出俊太郎を座敷に上げていたと言った。

大出俊太郎は女に金を出してもらうことが後ろめたく、もう一度、『出羽屋』に金を借りに行ったのか。

「しかし、どうして、大出俊太郎にそこまでしたのか。身分は御徒組と聞いている。庄内藩のことは詳しくわからぬが、さして高い身分とは思えぬが」

「はい。確かに御徒組は下級のご身分でございます。なれど、大出さまは学問の徒であり、将来、藩中でも有望であろうと思いまして。私としても、生まれ故郷の鶴岡に、支店を出したいと思っておりますので、その際に何かと都合がよかろうと思ったわけにございます。それに、五十両ぐらいであれば、私の小遣いでお貸し出来ますので」

　豊五郎は平然と言う。

「こちらでは、他の者には金を貸しているのか」

「いえ、とんでもありませぬ。大出さまは特別でございました」

「大出俊太郎は花魁とのことを話したか」

「はい。最後に、お金を借りに来たとき、はじめて、花魁のことを打ち明けました。だいぶ、思い詰めていたようなので、ひょっとしたらという危惧《きぐ》を抱きました」

「そなたは、吉原に行ったことがあるか」

「はい。もちろん、ございます」

「大出俊太郎の敵娼《あいかた》のことは知らなかったのか」

「はい。存じませんでした」

　豊五郎はふと顔つきを変え、

「青柳さま。何か、ご不審なことでもおありなのでしょうか」

と、窺うようにきいた。

「いや。念のために、確認しているところだ。懸念には及ばない」

「さようでございますか」

剣一郎は『出羽屋』をあとにしながら、またも喉元に刺さった魚の骨がとれないような屈託《くったく》を覚えた。

どこか、すっきりしない。やはり、金のことだ。源左衛門の話の様子では、つい最近まで金を借りていたような口ぶりだった。だが、豊五郎は半年前までだと言った。

源左衛門の勘違いだったのか。

いや……。剣一郎ははっと気がついた。ここに向かう途中、武士を乗せた駕籠が剣一郎を追い抜いて行った。あの駕籠は『出羽屋』に向かったのではないか。

さっき、女が自分で金を払って、大出俊太郎を座敷に上げていたということを国木田源左衛門に話したばかりだ。源左衛門が豊五郎に使いを走らせ、口裏を合わせたということはないのか。


その夜、剣一郎は屋敷に帰り、夕飯をとり終わったあと、部屋に閉じこもって、情死事件をもういちど振り返ってみた。

大出俊太郎は学問の徒だった。そんな男が女に夢中になった。心中するまで逆上《のぼ》せあがりながら、それでも冷静に学問が続けられるのか。

剣一郎は首をひねった。

「どういたしました?」

いつの間にか、多恵《たえ》がやって来た。

「いや。男にとって女子とはどんな存在かと思ってな」

「まあ、珍しいことを」

多恵が笑った。

「惚れた女子と添うことができなければ男は死を選ぶか」

「それは女子も同じでしょうね」

多恵が真顔になってきいた。

「あなたはいかがでしたか」

「うむ?」

「ご自分のことを思い出されたら?」

剣一郎は多恵の顔を見た。

もう三十半ばになろうというのに、若々しい。とても、ふたりの子どもを産んだ女とは思えない。

「そなたは若い」

剣一郎は多恵の顔をまじまじと見つめた。

「まあ、いきなり、そんなことを仰《おつしや》って」

多恵は恥じらうように俯き、逃げるように去って行った。

その風情はまるで生娘《きむすめ》のようだった。

俺も多恵と結ばれぬとしたら、諦めることが出来ただろうか。別れるくらいなら、死を選んだか。

いや、剣之助と志乃のようにふたり手を取り合い異国の地に逃げたか。

ただ、さっきから何か引っかかるところがある。大出俊太郎は学問を捨て、女と心中をした。しかし、死ぬ二日前まで、熱心に昌平坂学問所の藤尾陣内のところに通っていたのだ。そのことがわからない。

この一年、大出俊太郎は学問に精を出しながら、一方で女との情愛に溺《おぼ》れていたのだ。

学問と女の二股をかけることが出来るものなのか。相手は、花魁だ。

やはり、今回のことはすっきりしない。

そうだ、大出俊太郎について、剣之助に調べてもらおうか。剣一郎は、自分が剣之助を頼っていることに気づいた。

五

二月も残り少なくなった頃、江戸から飛脚《ひきやく》がやって来た。

飛脚から文を受け取った。

父からであった。

去年の十月、酒田に来て以来、はじめて父に詫びの手紙を書いた。そこに記した、ある事件のことが、父にはたいへん参考になったと礼状が来たのは、十一月だった。

それ以来、二度目の文である。

剣之助が文を読み終えると、志乃が声をかけた。

「何が書かれてありましたか」

「私のことなど何も。ただ、用件のみ」

父らしいと、剣之助は苦笑した。意外と、父が照れ屋なのを、剣之助は知っている。子どもに対して、改まった挨拶をするのが気恥ずかしいのだ。

「志乃。鶴岡に行ってみないか」

剣之助は誘った。

「はい。お供させていただきます」

志乃は手紙を畳みながら答えた。

父の文には妙なことが記されていた。

酒井家の家臣大出俊太郎という武士が、吉原の花魁、花鶴と心中をした。その検視に立ち会ったことにも触れ、幾つか不審な点を書いてあった。

大出俊太郎は江戸にて朱子学を学んでいたらしい。この大出なる人物の亡骸が近いうちに鶴岡に着く。そこで、この人物について、またその周辺で変わった動きがなかったかどうか、調べて欲しいというものだった。

夕食後、女中に庄五郎が手隙《てすき》かどうか確かめてもらった。

すると、庄五郎が自ら離れまで足を運んでくれた。

「剣之助さま。何か御用でございますか」

庄五郎は四十半ば。中肉中背で、目鼻だちの整った渋い顔立ちである。若い頃の美男の面差《おもざ》しがある。

「わざわざ、お出《い》でいただき恐縮にございます」

剣之助は庄五郎を迎えて言う。

庄五郎は酒田三十六人衆のひとりである。酒田では長人《おとな》という町人の代表が三十六人選ばれ、町政はこの三十六人衆の自治的運営に任されている。

剣之助は、庄五郎からこの離れを借り受け、そして、総火消世話役でもある庄五郎に頼まれ、防火の見廻り隊に加わっていた。

いかに、火事を未然に防ぐかに努めると共に、不逞《ふてい》の輩《やから》の監視という役目である。冬の酒田は風が強く、見廻りに出る回数も多かった。

志乃が、庄五郎に茶を出した。

「これは、申し訳ありません」

庄五郎は一礼をし、

「志乃さまも、酒田の暮らしにお慣れになりましたでしょうか」

「はい。とても、過ごしやすい町にございますから」

「しかし、冬はお寒いことでありましょう」

「いいえ、だいじょうぶでございます」

「なるほど。いとおしいお方といっしょならば、寒さも感じられませぬな」

「まあ」

志乃は顔を赤らめた。

「確か、酒田に来て二年ほどに？」

庄五郎は微笑《ほほえ》みながらきいた。

「はい。二度目の正月を迎えました」

最初の正月は、志乃の屋敷の奉公人およねの世話を受け、田川《たがわ》郡横川《よこかわ》村のおよねの実家で過ごし、二度目の今年は、この『万屋』の離れで過ごした。

「暖かくなりましたら、鶴岡の御城下をご見物されたらいかがでしょう。酒田とはまた違う魅力もあるかと思います」

庄五郎が鶴岡の地名を出したので、剣之助は驚いた。まるで、父剣一郎からの手紙の内容を予期していたかのような言葉だった。

「鶴岡には、私が懇意《こんい》にしている商家があります。そこに滞在されるのがよろしいでしょう」

江戸からの飛脚が来たことで父の意図を見抜いたのだとしたら、庄五郎は鋭い勘《かん》の持ち主ということになる。庄五郎なら、それもあり得るかもしれない。

「じつは、私の話というのも、そのことなのです」

剣之助は口をはさんだ。

「ほう。鶴岡のことにございますか」

庄五郎はにこやかな顔を向けた。

「はい。近々、鶴岡に行ってみたいのです」

「それは、ぜひ、そうなさいまし。呉服・太物《ふともの》問屋の『越前屋《えちぜん》』という店にございます。さっそく手配をさせていただきます」

「それは助かります」

庄五郎は理由をきこうなどとはしない。

「で、いつお出かけになりますか」

「はい。明日、金子樹犀《かねこじゆさい》先生に致道館の見学の件をお頼みし、明後日には出掛けようかと、思っています」

致道館は庄内藩の藩校である。入学出来るのは、上級武士の子弟に限られ、一般庶民は入れなかった。

そういう場所だけに、ふらりと中に入って行くことは難しいと考えたのだ。大出俊太郎は学問の徒であるから、致道館に行けば何か耳寄りな話を聞けるかもしれないと思ったのも事実だが、個人的にも致道館には興味があった。

「わかりました。さっそく明日にでも鶴岡に使いを出しましょう。私どものほうは気になさらず、ゆっくりとお出でください」

そう言って、庄五郎は引き上げた。

志乃はなんだか浮き立っているように思えた。

翌朝、剣之助は『万屋』を出て、金子樹犀の家塾に向かった。

海から吹きつける風は冷たい。隅に雪が積もっているが、通りは除雪されている。

ただ、樹木の上にかぶった雪が強風に飛ばされて舞っている。

豪商の屋敷の並ぶ一帯を出て、寺町の外れにある樹犀の家に行った。

すでに、弟子が来ていた。樹犀の声と講義をしている姿が見える。

金子樹犀は、一昨年まで致道館の教官だったひとで、そこをやめたあと、この酒田で、塾を開いている。

もともと、寺子屋や家塾の教師は僧侶、医師、神官などが多かったが、致道館の教官だった儒者の金子樹犀が家塾を開いたとあって、富豪の子弟の中でも優秀な者が、この塾の門を叩き、繁盛《はんじよう》している。

剣之助は書庫の隣の部屋に入り、窓辺にある机に向かった。障子を透《す》かして、陽が射している。

剣之助はここで書物を勝手に読むことを特別に許されていた。四書五経《ししよごきよう》をはじめ、前漢書《ぜんかんじよ》・後漢書・唐詩選《とうしせん》などから老子《ろうし》・孟子《もうし》・韓非子《かんぴし》などの書、さらには万葉集《まんよう》・日本書紀・風土記《ふどき》など、かなり豊富に揃《そろ》っているのだ。

書物に目を通していると、背後で咳払《せきばら》いが聞こえた。

「先生」

振り返ると、金子樹犀が立っていた。

「いや、続けよ」

樹犀が言い、少し離れた場所に腰を下ろした。休憩のようだ。

「先生、お願いがあります」

剣之助は樹犀の前に進み出た。

「ほう、何かな、そのような真顔になって」

「明日から鶴岡に行ってこようかと思っております。そこで、ぜひ、致道館を見学してみたいのですが、可能でしょうか」

「ほう、致道館か。そりゃ、わしがひと言添えれば、問題はない。教育の責任者である司業《しぎょう》はわしの教え子だ。住谷荘八郎《すみやそうはちろう》という。この男に会うのだ」

「ありがとうございます」

「だが、残念だな。そなたが留守の間、これは出来ぬな」

金子樹犀は碁石《ごいし》を持つ真似をした。

樹犀は囲碁《いご》と将棋《しょうぎ》が好きで、いつも、剣之助が書物を読み終えた頃を見計らってやって来て、囲碁か将棋の相手をさせるのだ。

「先生。確か、致道館は朱子学ではなく徂徠学を教えているとお伺いいたしましたが？」

幕府が正しいと認めた学問は朱子学である。昌平坂学問所も朱子学を根本としている。にも拘《かか》わらず、譜代《ふだい》の酒井家の藩校は徂徠学を根本としている。

荻生《おぎゅう》徂徠という学者は、元禄《げんろく》のあの有名な赤穂《あこう》事件で、赤穂浪士に切腹の処分を説いたと、剣之助は聞いている。

「もともと、庄内藩の水野元朗《みずのもとあきら》という家老が朱子学を修めたのちに徂徠学に傾倒《けいとう》したのだ。そして、庄内藩の家臣の間に徂徠学が広まっていった。そうやって、徂徠学を学んだ者によって藩学になったのだ」

金子樹犀はふと言葉を止め、

「そんな話より、剣之助。最後に一局、勝負だ」

と、耳に響くような大声を出した。

夕方に帰宅すると、酒田奉行所の同心細野鶴之助《ほそのつるのすけ》が来ていて、志乃と雑談をしていた。

剣之助を見ると、細野鶴之助はすぐに立ち上がった。

「お帰りなさい」

ずっと年下の剣之助に対して、細野鶴之助は尊敬のこもった目を向ける。三十歳ぐらいの、細身で背が高い男だ。

ある事件をきっかけに親しくなった。歳はだいぶ離れているが、酒田での最初の友人であった。

「剣之助どの。鶴岡に行かれるそうですね」

鶴之助はきいた。志乃から聞いたのだろう。

「はい。明日から十日ほど、行ってみようかと思っております」

「そうですか。私も、二十歳《はたち》過ぎまで、鶴岡におりました。なかなかよいところです。もし、何かありましたら鶴岡奉行所に大谷助三郎《おおやすけさぶろう》という同心がおります。何かとお役に立つこともあるかもしれません」

「大谷助三郎どのですね」

「そうです。いいですか、必ず最初に寄ってください」

「わかりました」

鶴之助はくどく念を押した。

「細野さまも、致道館で学ばれたのですか」

「いや。あそこに入ることが出来るのは上級武士の子弟だけです。我らのような下級武士はちょっと無理です。まあ、よほど優秀であれば別でしょうが」

「そうですか」

「郡奉行の子息荻島信次郎《おぎしましんじろう》どのは致道館に通われていたようですが、教官たちのいざこざに嫌気が差し、途中でやめてしまったそうです」

「教官たちにいざこざがあるのですか」

「いや。いざこざというより、教官が二つの学派に分かれ、いがみあっているのです。といっても、致道館を出た者は藩の重要な役職についていくわけですから、どちらの学派の者が藩で重用されるかを左右するので、醜《みにく》い争いになったこともあるのですよ」

「ふたつの学派とはどう違うのでしょうか」

「私も難しいことはわからない。だが、ひと言で表すなら、自主性を重んじ、自由な生活をよしとするか、あくまでも謹厳実直《きんげんじっちょく》な生活をよしとするか、でしょう」

「で、今はどちらが？」

「謹厳実直な生活をよしとする学派が主流です。荻島信次郎どのは、そんな対立に嫌気が差したのだと思います」

荻島信次郎はたちの悪い取り巻きを連れて、酒田の町で悪さを繰り返してきた。が、それは世を忍ぶ仮の姿で、酒田の町を守るためにやっていたのだと、あとでわかった。

城代の村山惣右衛門《むらやまそうえもん》が、商人の津野屋《つのや》と手を組み、酒田湊の富を我が物にせんとし、そのための障害となる万屋庄五郎を葬ろうとした。その企みを察知した荻島信次郎はひそかに庄五郎の護衛をしていたのだ。

「では、剣之助どの。気をつけて行ってこられよ」

「ありがとうございます」

剣之助は門の外まで、細野鶴之助を見送った。

六

三月一日。

剣之助と志乃は内川《うち》の大泉橋《おおいずみ》の船着場で川船を下り、鶴岡の地を踏んだ。

元禄の頃、俳聖松尾芭蕉《はいせいまつおばしよう》が鶴岡から酒田に向かった際に乗船した場所だと、船頭が教えてくれた。

天守閣《てんしゆかく》はないが、鶴ヶ岡《つるおか》城は凜《りん》とした、やさしい姿で佇んでいる。明るい陽射しの中に、厳しい寒さ。

志乃はしばし、お城に目をやっている。

元和八年（一六二二）、山形《やまがた》・最上《もがみ》家が改易《かいえき》されたあと、旧領は譜代大名数家に分与され、そのうち庄内地方に酒井忠勝が転封を命じられた。

松代《まつしろ》十万石から庄内十三万八千石になったのである。

庄内には、鶴ヶ岡と酒田の亀ヶ崎《かめさき》のふたつの城があったが、鶴ヶ岡城を本城としたのである。

目抜き通りである通り丁を南に向かう。下肴町《しもさかなまち》を過ぎると、五日町《いつかまち》に入った。商家が並んでいる中に、庄五郎から紹介された『越前屋』があった。

間口が広い。屋根は江戸で見るような瓦《かわら》ではなく、たくさんの石を載せた置き石屋根である。

店の前は雁木造《がんぎづく》りで、軒《のき》の庇《ひさし》を前に長く張り出し、屋根付きの通路になっている。

『越前屋』も庄五郎の『万屋』に優るともひけをとらない豪商であった。先代が越前の出身だという。

広い土間に入り、出て来た番頭らしき男に訊ねた。

「私は酒田の『万屋』さんから紹介いただいた青柳剣之助と申します。ご主人にお目にかかりたいのですが」

眉根の下がった、ひとのよさそうな顔をした番頭は、

「青柳さまでいらっしゃいますか。主人から承っております。どうぞ、こちらへ」

とにこやかな顔で答え、通り庭に向かった。

途中、女中を呼び止め、離れに案内するように命じた。

「どうぞ」

女中が小幅でちょこまかした動きで先に立った。その歩き方がおかしいのか、志乃がくすりと笑った。

「可愛いわ」

まだ、志乃とたいして年齢が変わらないようだ。

「どうぞ、こちらに」

玄関から部屋に上がると、四十年配の小柄な男が待っていた。

「ようこそいらっしゃいました。『越前屋』の主人、千右衛門《せんえもん》にございます」

濃い眉の下に線を引いたような細い目。にこやかな顔つきだった。

「青柳剣之助にございます。これは、妻志乃にございます」

「庄五郎さんから文をいただいております。どうぞ、ここを庄五郎さんのところと同じようにお使いください」

「ありがたく、ご好意に甘えさせていただきます」


翌日、朝飯を食べたあと、剣之助と志乃は町の散策に出た。

女中に致道館の場所を聞き、剣之助たちは通り丁を南に向かった。

通り丁は賑やかな通りで、行き交うひとも多い。江戸のようなきらびやかさはないが、落ち着きのある町並みである。

十日町《とおかまち》に入り、きのう川船で下った内川に出た。お城の外堀の役目をしている。その内川を渡ると、十日町口の木戸が出て来た。

城郭《じようかく》の周囲は土塁《どるい》が積まれ、十一の木戸がある。

致道館に行くには、この十日町口の木戸を潜《くぐ》らねばならないが、木戸番の監視がある。

きょうは志乃を連れているために、剣之助はそこから引き返した。

三の丸を囲むように町人町が出来ている。ふたりは、城を右手にみながら曲がり、さらに南に向かうと、七日町《なのかまち》に出た。

旅籠《はたご》が並んでいる。三十軒以上はありそうだ。飯盛女《めしもりおんな》を抱えているようだ。

志乃が剣之助の袖《そで》を引っ張り、さっさと宿屋のある町並みから逃げた。

「男のひとは、あのような場所が好きなのですか」

志乃が目を潤ませた。剣之助も、あのような場所に行くのかと、問い詰めるような目だ。剣之助は苦笑し、

「志乃は、私があそこに足を向けたら怒るか」

「いえ。我慢します」

「我慢など、せずともよい。私はあのような場所には行かない」

そう言いながら、剣之助は江戸は深川佃町《つくだちょう》のおよしという娼妓《しょうぎ》を思い出した。姉のように、剣之助は甘えたのだ。

鍛冶町《かじまち》に出た。

この辺りは職人町だ。城と反対のほうに足を向けると、田畑の広がる中に、侍屋敷が並んでいた。庄内藩の下級武士の拝領屋敷である。酒田でもそうだった。上級武士の屋敷は亀ヶ崎の廓内にあるが、徒《かち》や足軽などの下級武士の屋敷は外にあった。一軒

当たり、百二十坪ぐらいの敷地だ。

家の裏にある畑にひと影があった。季節ごとに、なすやきゅうりなどの野菜を自給自足で栽培しているのだ。

庄内藩の家臣は、家中《かちゅう》と給人《きゅうにん》に分かれている。家中は一定の土地を与えられ、そこからの年貢米《ねんぐまい》などを俸禄《ほうろく》とする知行取《ちぎょうとり》であり、給人は米で支給される。

藩の要職は家中しか就《つ》けない厳然たる身分格差があった。

こういう知識は、剣之助が酒田奉行所の細野鶴之助から聞いたことである。奉行所の同心も身分は足軽と同じで、いわゆる給人である。

どこかから、赤子の泣き声が聞こえた。粗末《そまつ》な着物の女の子が赤子を背負ってあやしている。

剣之助と志乃は途中で引き返した。

来た道を戻る。途中、そば屋を見つけ、そこに入った。三十半ばの目つきの鋭い男と二十二、三歳に思える男がそばをすすっていた。

小上がりの座敷に上がり、小女《こおんな》にかけそばを頼んだ。

「なんだか、空気が澄んでいて、落ち着く町。私、好きです、こういう町」

志乃が楽しそうに言う。

酒田といい、鶴岡といい、厳しい冬をしっかりと受け止める清冽《せいれつ》な美しさがあった。行き交うひとも、江戸と違い、がさつなところがない。

「お侍さま。失礼ですが、お見受けしたところ、藩士のお方ではないようですが」

若い男が、声をかけて来た。

「はい。江戸から来た者です。いま、わけあって酒田におります」

「江戸ですかえ。やっぱり、江戸のお方は違いますねえ」

若い男は志乃に目をやった。

「で、鶴岡には見物ですかえ。あっしは竿《さお》職人の京太《きょうた》っていいやす。釣《つ》り竿ですよ。お侍さんは釣りはやりませんかえ」

「おい。京太。いい加減にしねえか」

もうひとりの年長の男が京太を叱《しか》った。顎《あご》のひげ剃《そ》りあとが青々としている。

「すいやせん。こいつは、ひとなつっこくて、すぐになれなれしくなっちまうんです。お気に障《さわ》りのことがあったら、どうぞお許しください」

「多助兄《たすけあに》い。わかったよ」

京太は不服そうに言う。

「ここは釣りが盛んなのですか」

剣之助はどちらへともなくきいた。

「はい。藩では、磯《いそ》釣りを奨励《しょうれい》しています。武芸に通じるところもあるのでしょうか」

多助と呼ばれた男は答えてから、

「京太。行くぞ。じゃあ、失礼します」

「お侍さん。また、縁があったら」

京太は、多助に引っ張られるようにしてそば屋を出て行った。

「はい、おまちどおさま」

小女がそばを運んで来た。

「京太さんってほんとうに誰にでも話しかけて行くんですよ」

「素直ないい方じゃありませんか」

「ええ。ほんとうにいいひと。でも、ちょっと鈍《にぶ》いんです」

小女はふと寂しそうに笑った。どうやら、京太に好意を持っているように思われた。

「お光《みつ》」

板場のほうから声がかかった。

「すみません」

ぺこんと頭を下げて、お光という娘は去って行った。

「あの娘さん、京太ってひとが好きなのね」

志乃が言う。

「そう思うか」

自分もそう思うと、剣之助は言った。

そばを食べ終え、ふたりはそば屋を出ると、代官町にある奉行所に向かった。

鶴岡の町奉行所の前に立った。冠木門《かぶきもん》である。

剣之助は門番に近づき、

「酒田から参りました青柳剣之助と申します。大谷助三郎さまにお目にかかりたいのですが……」

「大谷さま？」

門番は剣之助と後ろにいる志乃を見てから、

「少々、お待ちを」

と言い、奥に向かった。

もうひとりの門番は、剣之助を威嚇《いかく》するように厳しい顔で立っていた。

しばらくしてから、三十ぐらいの細身の同心が現れた。どこか、細野鶴之助を彷彿《ほうふつ》とさせる風貌《ふうぼう》だった。

「青柳どのか。大谷助三郎です」

案外と甲高《かんだか》い声で、大谷が声をかけた。

「突然、押しかけて申し訳ありません。細野鶴之助さまから、大谷さまを訪ねるように言われ、厚かましいと思いましたが、ひと言ご挨拶をと思いまして」

剣之助は丁寧に頭を下げた。

「細野から手紙をもらっています」

大谷は快活《かいかつ》に言い、

「向こうに行きましょう」

と、さっさと歩きだした。

「手紙にありましたが、ほんとうに美しいご妻女どのですな」

歩きながら、大谷は志乃に挨拶をする。

「何かございましたら、なんなりとお申しつけください。なにもしないと、あとで鶴之助に叱られますから」

「ありがとうございます」

志乃が礼を述べた。

内川の川岸にやって来てから、

「青柳どののことは、こちらでも噂《うわさ》になりましてね」

「噂？」

「酒田の亀ヶ崎城ご城代の村山惣右衛門さまが津野屋と組み、酒田湊の富を我が物にせんと画策した。それを阻止《そし》したのが青柳剣之助どのだと知られております」

「いや、私のしたことなど微々《びび》たるものです」

「そこが問題なのです。村山一派が青柳どのに恨《うら》みを持っている可能性があるのです。まあ、細野の手紙には、青柳どのをお守りするようにと書いてありました」

「そうですか」

細野鶴之助はいろいろ気遣《きづか》いをしてくれたのだ。

「きょうは町を歩き回られたのですね」

「はい」

「では、あなたが現れたということはたちまちのうちに村山一派の者に伝わることでしょう。くれぐれもお気をつけを」

大谷助三郎はくどく言い、

「ご滞在はどちらに?」

と、きいた。

「はい。『越前屋』でございます」

「『越前屋』ですか。わかりました。もし、何かありましたら、すぐに私に知らせてください」

「はい。ありがとうございます」

では、と大谷助三郎は奉行所に引き上げた。

やはり、村山一派に不穏な動きがあるのかと、剣之助は思ったが、もし、恨みを持っているなら、酒田にいても同じだろうと思った。

志乃が不安そうな顔をした。

「心配ない。だいじょうぶ」

剣之助は安心させるように言った。

翌日、剣之助は致道館に行ってみることにした。致道館は三の丸の中にある。

三の丸に入るには木戸を通らねばならないが、そこには門番がいて、部外者は通らせないように見張っているのだ。

十日町の木戸口に、剣之助が近づいて行くのを、門番が胡乱《うろん》げに見ている。門番は下級武士である。

「私は青柳剣之助と申します。致道館の住谷荘八郎先生をお訪ねするところです。ここに、酒田にいる金子樹犀先生の紹介状を持参しました」

そう言い、門番に樹犀の文を差し出した。

「どうぞ、この文を、住谷先生にお渡しくださいますようお願いいたします」

門番の武士は、朋輩と顔を見合わせた。迷っているふうだった。

「よし、行って来よう」

門番の一人が、手紙を持って、致道館のほうに向かった。

しばらく経って、門番が三十代半ばに見える武士を連れて戻って来た。教官らしく、どこか威厳がある。

「青柳どのか」

その武士が剣之助の前に立った。

「はい。青柳剣之助と申します」

「私は、司書をしている浜岡源吾《はまおかげんご》だ。住谷先生は、ここ数日、立て込んでおられ、暇がないとのこと。こんなときにお会いしても、満足なご案内は出来ない。ついては、数日待っていただきたいとのことだ」

豪快な喋《しゃべ》り方だ。

「わかりました。お待ちしております」

「どこにお泊まりか」

浜岡源吾がきく。

「はい。『越前屋』さんの離れにお世話になっております」

『越前屋』か。あいわかった。こちらから連絡させていただく」

浜岡源吾はてきぱきと言い、引き上げて行った。

住谷荘八郎と会えるまで数日かかるようだ。それでも構わない。その間、父からの頼みごとを調べようと思った。

きょうは、志乃を『越前屋』に残して来たので早く帰りたいが、念のために城をひとまわりしてみようと思った。

村山一派に動きがあるかどうか。

剣之助はお城のまわり、すなわち三の丸を囲んで出来ている土塁に沿うように歩いてみた。

その土塁には木戸があり、門番がいて、厳重な監視がいる。めったに、三の丸には入れないようだ。
結局、三の丸の周囲をまわったが、あやしい人影に行き当たることはなかった。

第二章　失踪

一

三月二日。曇り空で、陽が射さない。桜が開花をはじめたところもあり、鶯《うぐいす》が鳴く季節だというのに、川風は冷たい。春への足踏みのような気候だった。

船は両国橋の下を潜《くぐ》った。

「寒くないかえ」

知太郎《ともたろう》はお栄《えい》に声をかけた。

「ええ、平気よ。若旦那《わかだんな》はだいじょうぶ」

「俺はだいじょうぶだ」

船は竪川から横川に入った。

「あの時の萩《はぎ》、見事だったわね」

亀戸天神《かめいどてんじん》の近くに萩寺と言われる寺がある。去年の秋、そこへふたりで萩見物に行ったのだ。

「萩より、お栄のほうがきれいだった」

「まあ、若旦那はお上手なんだから。あっちこっちの女に言っているんでしょう」

お栄は睨《にら》み付けた。褒《ほ》めたのに、叱られるのは割に合わない。

「それは誤解だよ。俺はこう見えたって堅い人間なんだ」

そうは言ったが、知太郎は内心では狼狽《ろうばい》した。じつは、知太郎には何人か付き合っている女がいる。

お栄と深い仲になりながら、知太郎は他の女のことも忘れられない。

しかし、女の勘というものなのか、お栄はときおり、知太郎の女道楽を見抜いたように、どきっとするようなことを言う。

「若旦那。どうしたんですね」

お栄が訝《いぶか》しげにきく。

「えっ、何がだい」

「だって、何か他のことを考えているみたいだから」

知太郎はあわてて、

「違う。何をお言いだい。今度は御殿山《ごてんやま》へ花見にでも繰り出そうかと考えていたんじゃあないか。どうだえ、俺とじゃいやか」

「とんでもない。うれしいわ、若旦那」

なんとか話題を移し終えたとき、船は天神橋手前の船着場に着いた。

陸《おか》に上がってから、

「さあ、日が暮れないうちに」

と、お栄を急《せ》かす。

「はい」

知太郎はお栄の手をとり、亀戸天満宮に向かった。

天満宮の鳥居の前は引き上げる参詣客《さんけい》でごった返している。茶店が並び、賑《にぎ》やかだ。

その茶店から出て来た男とばったり会った。

「おや、『大国屋《だいこく》』の若旦那じゃありませんか」

「あっ、おまえは直《なお》さん」

店に出入りの仕立て職人で、直助《なおすけ》という。

お栄は知太郎の背中に隠れるようにした。

「若旦那、お楽しみですねえ」

そう言ってから、

「お道《みち》さんと違いますねえ」

と、直助が知太郎の耳元で囁《ささや》く。

「これ、直さん。誰にも言わないでおくれ。ここで会ったなんて、内緒《ないしょ》だよ」

素早く、銭を取り出し、直助の手に握らせた。

「これだけですかえ。まあ、いいでしょう。あっしは何も見ませんでした。ええ、見ませんでしたよ」

直助はさっさと天神橋方面に向かった。

ふと、ため息をついて、知太郎は先を急いだ。

「今のひと、誰？」

お栄が不貞腐《ふてくさ》れたようにきく。

「うちの出入りの職人だよ」

「どうして、私たちのことを隠すの？　もう隠す必要はないでしょう」

「いや、あのひとはおしゃべりでね。あっちこっちで話されでもしたら……」

「それでもいいでしょう」

「だって、お父っつあんに知られてしまう。いや、いいんだ。そうじゃない。ともかく、あのひとはおしゃべりだから」

知太郎はしどろもどろになった。

お道の耳に入れたくないのだ。お道は常磐津《ときわず》の師匠《ししょう》の妹だった。

鈴を張ったような目に、小さな口許。どこか弱々しそうな顔立ちながら凜《りん》とした態度には冒しがたい威厳のようなものが漂《ただよ》っている。

お道目当てに常磐津の稽古に通っている男は多い。知太郎も、そのひとりだが、やっと今度外に連れ出すことに成功したのだ。そんなときに、妙な話を耳に入れられたら困る。

いや、さっきの直助の態度はどうも引っかかる。これだけですかと、がっかりしていたようだ。喋《しゃべ》るかもしれない。

「知太郎さん。どうしたの、また考え込んでしまって」

お栄が目つきをきつくした。

「いや、家がどこだったたか」

目指す家がわからなくなったかのように、きょろきょろ辺りを見回して、この場をとりつくろった。

「そうだ、こっちだ」

知太郎は、亀戸町の角を曲がった。

お栄が心配そうについて来る。

「あそこだ」

町の外れに、仕舞屋《しもたや》ふうの家があった。

知太郎はその家の格子戸《こうしど》を開けて、大きな声で案内を請《こ》うた。

やがて、でっぷりと肥《ふと》った中年の女が出て来た。

「若旦那。お待ちしていましたよ」

「お敏《とし》。お栄だ」

知太郎は中年の女にお栄を引き合わせた。

「これはこれは、お敏でございます。若旦那から伺っております。なにもない汚いところですが、どうぞご遠慮なさらずに。さあ、お上がりになって」

お敏は如才《じょさい》なく言う。

「はい。お世話になります」

知太郎とお栄は部屋に上がった。

「伝六《でんろく》は？」

知太郎がきく。

「じきに帰って参りますよ」

お敏が意味ありげな目つきをしたので、伝六が薬を受け取りに行ったのだとわかった。

何も知らぬお栄は、はじめての家で緊張しているらしく畏《かしこ》まっていた。

辺りは薄暗くなり、お敏が行灯《あんどん》に灯を入れた。

暮六つ（午後六時）の鐘が鳴り出したとき、伝六が帰って来た。

「若旦那。いらっしゃい。こちらが、お栄さんですかえ」

伝六は裾《すそ》を払って腰を落とし、

「伝六にございます。なにも心配いりやせん。どうぞ、自分の家のつもりでお過ごしください」

「ありがとうございます」

お栄が頭を下げる。

「伝六さん。頼みました」

「若旦那のいいおひとだ。粗末になんかしやせん」

伝六が笑った。

「お栄さん、私は用事を思い出したから、ちょっと出て来る」

知太郎が言うと、お栄はたちまち顔を曇らせ、

「えっ、帰ってしまうの」

と、びっくりしたように言う。

「そうですよ、若旦那。夕飯ぐらい、食べて行きませんかえ」

お敏が引き止める。

「そのつもりだったのですが、きょうはお父っつあんに早く帰って来るようにと言われていたのを思い出したんです」

知太郎はお栄に顔を向け、

「すまない。明日、朝早く来るから」

と、納得させた。

不安と不服が入り混じった表情をして、お栄は知太郎を見送った。

知太郎は伝六の家を出ると、天神橋に急いだ。もう一度、直助に会い、口止めしなければならない。金額に不満そうだった。

厭味《いやみ》ったらしく、私は何も見ませんでしたなどと大声で言ったのは、見たと言っているのと同じだ。

つまり、金が足りないと言っているのだ。

知太郎は直助のあとを追った。

二

三日後、剣一郎は朝の四つ（午前十時）を過ぎた頃に、吉原に行った。

情死事件から半月ほど経った。いちおう報告書を作成したが、まだお奉行に提出してはいない。剣一郎はすっかり納得したわけではなかった。

今は剣之助からの返事待ちだった。その内容如何《いかん》によっては、情死事件をもっと調べることになるかもしれないが、このままけりをつけることもあり得る。

今は待っている状態だが、剣一郎には気にかかっていたことがあった。花鶴がどうやって脱廓したのか、そのことを調べるのが疎《おろそ》かになっていたことに気づいた。報告書では単に脱廓した花魁の花鶴という書き方をしたが、具体的にどのような方法で廓から逃げたのか。情死のことばかりに気をとられていたが、そのことをいちおう確かめておくべきだと思った。

五十間道から大門に入る。

剣一郎はいったん面番所に顔を出してから、そこに詰めていた岡っ引きの案内で、江戸町二丁目《えどちょう》にある『大櫛屋』に向かった。

居続けの客は別だが、ほとんどの客は後朝《きぬぎぬ》の別れをして、大門から引き上げ、昼見世のはじまるまで、みなのんびりしていた。

「花鶴が座敷で心中しなかったのが、『大櫛屋』にとってはせめてもの救いですが、稼《かせ》ぎ手にいなくなられ、亭主は頭を抱えております」

岡っ引きが道々話した。

「花鶴には贔屓《ひいき》客は多かったのか」

「へえ。売れっ子でした。男と女ってのはわからないものでございます。あっ、こっちです」

そこの角には青物の市場が立っていた。岡っ引きはその角を曲がった。

両側に遊女屋が並んでいる。道の真ん中にはどぶ板が敷いてあり、その上に用水桶が置いてある。

この時間の吉原はまったく廓の雰囲気が消え、酒屋や炭屋、すし屋などに活気があった。

『大櫛屋』も暖簾《のれん》はなく、店の前は閑散《かんさん》としていた。

岡っ引きが先に土間に入り、亭主の甚兵衛を呼んだ。

甚兵衛がすぐに出て来た。

「これは青柳さま。どうぞ、こちらに」

剣一郎を内所に案内した。

内所は楼主《ろうしゅ》の部屋だ。

長火鉢の前に、女将が座っていた。女将の横に帳箱が置いてあり、その上に大福帳《だいふくちょう》が載っている。

「青柳の旦那。ごくろうさまでございます」

女将が貫禄《かんろく》に満ちた態度で挨拶する。

「花鶴が逃げた夜についた客のことについて、ちょっとききたい。その客ははじめての客だったか」

「はい。籬《まがき》にいる花鶴を見て、入って来ました」

女将が答える。

「人相は？」

「三十半ばぐらいで、眦《まなじり》のつり上がった男でした。細身でした」

この内所から、女将は客の出入りを見ているのだ。

「花鶴が逃げたのは、いつわかったのだ？」

「不寝番《ふしんばん》が行灯の油を差しに行き、花鶴がいないのに気づいたのです」

不寝番は遊女が逃亡したり、心中したりしないように見張り役も兼《か》ねているのだ。

「二階の窓が少し開いていたので、そこから屋根に移って逃げたのだとわかりました。それで、すぐに若い者を集め、探させたんです」

女将は悔《くや》しそうに、

「でも、気づいたのが遅かったんです。九つ（午前零《れい》時）でしたから。とうに、花鶴が大門から逃げたあとでした。四郎兵衛会所に確かめたら、四つ（午後十時）過ぎに坊主が帰って行ったといいます。若い衆はうちの箱提灯《はこぢょうちん》を持っていたと言いますが、うちにはそんな客も若い衆もいませんでした。それで、そのときの坊主が花鶴だったとわかったんです」

女将はいまいましそうに言う。

その客は、箱提灯を盗んで若い衆に化け、花鶴を見送ったあと、元の姿に戻って堂々と大門を抜け出たということだろう。

大出俊太郎に協力者がいたのだ。その者を探し出さねばならぬ。剣一郎はそう思った。

吉原を出てから、剣一郎は奉行所に向かった。

剣一郎が奉行所に戻ったのは昼下がりで、着くなり、宇野清左衛門に呼ばれた。

例の心中事件についてのことかと思いながら、年番方与力部屋に行った。

宇野清左衛門が難しい顔で座っている。いつものことだが、厳《いか》めしい顔ではなく、屈託《くったく》があるような表情だった。

「宇野さま。お呼びでしょうか」

剣一郎は廊下から声をかけた。

「おお、青柳どの。こちらへ」

はいと、剣一郎は清左衛門の近くに行く。

「心中事件の件はいかがだな」

「もう少し、時間がかかろうかと思います」

「そうか。そんな折りに、頼みづらいのだが……」

清左衛門は言い淀《よど》んだ。

「なんでございましょうか。なんなりと、お申しつけください」

「うむ。かたじけない」

清左衛門は膝を進め、声を潜《ひそ》めて言った。

「青柳どの。かどわかしだ」

「かどわかし？」

「そうだ。また、女子《おなご》が行方不明になった」

また、というのは、去年の十月に日本橋室町《にほんばしむろまち》三丁目の浮世小路《うきよしょうじ》にある『とみ川』という料亭の女中が行方不明になるという事件が起きたからだ。

「だが、今度は明白なかどわかしだ。田原町《たわらまち》にある料理屋『よしの家』の娘お栄がかどわかされた」

「またも料理屋ですか」

「うむ。だが、今度は女中ではない。料理屋の娘だ。犯人から、役人に知らせたら娘の命はないという脅迫文《きょうはく》が、ゆうべ『よしの家』に届いたそうだ」

「身代金を求めているのですか」

卑劣《ひれつ》な、と剣一郎は怒りを覚えた。

「追って、解き放ちの条件を伝えると書いてあった」

「かどわかしの経緯は？」

「三日前の昼過ぎ、母親にともだちの所に泊まって来ると言って家を出たきり帰って来ない。心配しているときに、いつ投げ込まれたのか、きのうの夕方に文が帳場に置いてあったという」

清左衛門は深刻そうな顔になり、

「町方に知らせたら命はないと書かれていた。だが、『よしの家』の亭主三左衛門《さんざえもん》が、昨夜、私の屋敷にこっそりやって来たのだ」

「では、この件はまだ他の者には？」

「話しておらん。しばらくは、黙っているつもりだ。お栄の命に関わることゆえ」

清左衛門は厳しい声で言う。

宇野清左衛門は剣一郎に絶大なる信頼を寄せている。自分の後任は青柳どのしかいないと公言している。いずれ、年番方に推挙しようとしているらしい。

そこまで、能力を買ってくれることはうれしいが、買いかぶりだと剣一郎は言いたかった。

与力の中で花形といえば、吟味方与力《ぎんみがた》である。その能力からいって、剣一郎は吟味方の職につくことが出来る。いや、なぜ、吟味方にならないのかと、不思議に思っている人間も多い。

だが、そこには宇野清左衛門の思惑《おもわく》があるのだ。清左衛門はこれまでにも、数々の難事件に対して特別の命令を剣一郎に授けて来た。

剣一郎を一挙に自分の後釜《あとがま》にしようとしている。そのことに、反発を覚えている者もいる。内与力の長谷川四郎兵衛が剣一郎を嫌うのは、そのことにも一因があるのかもしれない。

ただ、剣一郎がこれまでに立てた数々の手柄は、誰もが認めるところだった。

「人質の身を第一に考え、まず青柳どののおひとりで調べを進めていただきたい。いつも、青柳どのにはご苦労をおかけするが……」

清左衛門はすまなそうに頭を下げた。

「いえ、苦労などとは思っていません。が、ひとつお願いが」

「なんだ。なんでも聞こう」

「手伝いが欲しいのです。隠密廻《おんみつまわ》りの作田新兵衛《さくたしんべえ》をつけていただきますれば」

新兵衛は何度か剣一郎の手伝いをしている同心だった。

隠密廻り同心は、秘密裏に聞き込みや証拠集めをするが、そのために、あるときは乞食《こじき》になって市中を歩き廻り、あるときは遊び人になって盛《さか》り場を徘徊《はいかい》したり、またあるときは中間《ちゅうげん》になって武家屋敷に住み込むこともある。

そのような厳しい仕事をこれまでに見事にこなしてきた新兵衛を、剣一郎は頼りにしていた。

「よし。わかった。さっそく、呼び出そう」

どこかで、秘密の任務についているかもしれないが、すぐに連絡をとると、清左衛門は言った。

「では、駒形《こまがた》堂で落ち合いたいと、お伝え願えませんか」

「わかった」

「では、さっそく、『よしの家』の主人に会ってみます」

「頼んだ」

清左衛門と別れて、いったん与力部屋に戻ってから、剣一郎は出退勤の継上下《つぎがみしも》、平袴に無地で茶の肩衣《かたぎぬ》に着替え、供を連れて、奉行所をあとにした。

風邪気味で熱があるから早引けする、と周囲に言った。

途中、廊下で出会った吟味方与力の橋尾左門《はしおさもん》が心配していたが、剣一郎は大事ないと笑って応じた。

数寄屋《すきや》橋御門内にある南町奉行所から八丁堀《はっちょうぼり》の組屋敷まで四半刻（三十分）足らず。剣一郎はこっそり屋敷に帰った。

妻の多恵が迎えた。

「すぐ出掛ける」

それだけで、多恵は剣一郎が特命を受けたのだと察したようだ。細かいことをきこうとはしない。

「るいはどうしている？」

剣一郎がつい口にしたのは、『よしの家』の娘がかどわかされたことが気になっていたからだ。

「お琴のお稽古に出掛けております」

継上下を畳みながら、多恵は答える。

そして、剣一郎の顔色を窺《うかが》ってから、

「あの娘はだいじょうぶです」

と、付け加えた。

多恵は鋭い勘と洞察《どうさつ》力の持ち主だ。剣一郎が何を心配したのか、まるで察したように返答をする。

数年前までだったら、多恵にかどわかしの件を話したかもしれない。よく多恵の助言によって、助けられたことがあったからだが、今の剣一郎は多恵の助けもあまり必要としない。

そのことに気づいている多恵も、最近では剣一郎の仕事のことに口出ししなくなっていた。

黒の着流しに、深編笠をかぶり、剣一郎は供を連れずに屋敷を出た。

酒井家家臣と花魁の心中事件は、剣之助の調べを待つしかなかった。もし、剣之助が不審な点を見つけられなければ、いくつかの疑問があったとしても、それで幕引きを図らねばなるまい。

もっとも、長谷川四郎兵衛や宇野清左衛門も、そのことを望んでいるようだ。しかし、剣一郎は、たとえ相手が譜代の大名であろうが不審な点は洗い出さねば気がすまなかった。たとえ上からの圧力に屈するようなことになったとしても、真実だけは見極める。それが、剣一郎の与力としての責務だと思っている。

八丁堀内の船宿から船に乗り、剣一郎は浅草を目指した。

そろそろ、隅田川に白魚船が浮かぶ季節だ。冷たい風を受けながら、船は両国橋を下り、蔵前《くらまえ》の御米蔵が近づいてきた。

陽は中天から少し傾いている。

剣一郎は駒形堂近くの船着場で船を下りた。

駒形堂から、隠密廻り同心の作田新兵衛が出て来た。商家の主人ふうの姿だ。さすが新兵衛は商人になりきっている。

「ごくろう」

「また、青柳さまとごいっしょにお仕事ができることを光栄に存じます」

新兵衛は腰を曲げて言う。

「うむ。頼む」

先に新兵衛が出発し、少し遅れて、剣一郎が『よしの家』に向かった。

田原町の『よしの家』に近づく。新兵衛は周囲を見回し、見張りがいないのを確認してから、振り返り、剣一郎に合図を送った。

剣一郎は客の振りをして、『よしの家』の門を入り、石畳を伝って玄関に向かった。新兵衛があとからついて来る。

出てきた女中に、笠をとってから、

「どこか静かな部屋を頼む」

と、声をかけた。

「はい。どうぞ」

女中は剣一郎たちを離れの座敷に案内した。

座敷に入ってから、

「ご亭主を呼んで来てもらいたい」

と、女中に言う。

「は、はい。ただいま、すぐに」

左頬の青痣《あおあざ》に気づいて、女中はすぐに部屋を出て行った。

待つほどの間もなく、主人の三左衛門が駆けつけた。小柄な男だ。そして、その後ろに、大柄な女がいた。

「これは青柳さまにお出ましいただきまして、ありがとう存じます。てまえ、『よしの家』の主人の三左衛門にございます。こちらは家内の房《ふさ》にございます」

三左衛門は深々と頭を下げた。

「ここにいるのは新兵衛と言う。隠密廻りの同心だ」

作田新兵衛を引き合わせてから、

「さっそくだが、まず、脅迫の文を見せてもらおうか」

と、剣一郎は本題に入った。

「はい。これにございます」

三左衛門は懐から文を取り出した。

剣一郎はそれを広げた。

——娘は預かった。役人に知らせたら、娘の命はない。解き放ちの条件については、あとで、また連絡する

達筆な字だ。

「娘の名は？」

「お栄と申します」

「三日前の昼過ぎから外出したということだが、どこに行ったか、心当たりはないのか」

「はい。友達のところに泊まりに行くと言っていたのですが、誰だかは……」

三左衛門は小首をひねった。

「私もとんとわかりません」

母親のお房も答える。

「お栄は、以前も泊まりに行ったりしていたのか」

「はい」

お房は小さく答えた。

「それを許して来たのか」

「はい。わがままいっぱいに育った娘でして」

匙《さじ》を投げたように、三左衛門が言う。

「お栄は座敷に出るのか」

「はい。お客さまに請われれば、話し相手になります」

「お栄は、いずれ女将《おかみ》を継ぐのか」

剣一郎は矢継《やつ》ぎ早《ばや》にきく。

「いえ。姉がおりますので、お栄はどこぞに嫁にやろうかと思っております」

三左衛門が言う。

「客の中に、お栄を見初《みそ》めたものがいるかもしれぬな」

かどわかした者は客としてやって来た可能性が高いと、剣一郎は思った。だとすると、お栄をだまし、どこかに連れ出し、そのまま監禁したのかもしれない。

「客の中で、お栄と親しい者を知らぬか」

「いずれさまとも、同じように接していたように思いますが」

三左衛門はお房と顔を見合わせた。

お房は困惑ぎみに首を横に振った。心当たりはないという意味だろう。客のことを言い出しかねているのかもしれない。

「お栄の姉はなんという名だ？」

「孝《たか》にございます」

「すまぬが、お孝と代わってもらえぬか」

「はい」

お房がお孝を呼びに行った。

その間、剣一郎は三左衛門に質問をした。

「最近、何か変わったことや、気がかりなことはなかったのか」

「いえ、まったくありませぬ」

「お栄が、誰かに付け狙《ねら》われていたとか、そういうことはなかったのだな」

「聞いていません」

「そうか」

障子にひと影が差した。

「お孝を呼んで参りました」

そう声をかけ、お房が障子を開けた。その横に、面長のしとやかな感じの若い女が畏まっていた。

「失礼します」

若い女が入って来た。

「お孝にございます」

三つ指ついて、挨拶した。まだ、二十二、三歳だろうが、若女将という風格が漂っている。

「すまない。ふたりだけにしてもらおうか」

剣一郎が三左衛門に言う。

「はい。では、よろしくお願いいたします」

三左衛門はお房と共に部屋を出て行った。

「お栄のことで、ききたいことがある」

改めて、剣一郎はお孝に声をかけた。

「はい」

お孝は切れ長の目を伏せた。

「お栄は客の前にも出ていたようだが、客の評判はいかがだな」

「はい。お栄はあかるくはきはきした娘でしたから、座を賑やかにしてくれると、お客さまには喜ばれました」

「親しい客に心当たりは？」

「そうですね」

お孝は迷ってから、

「最近、お栄の口からよく名が出て来たのは、蔵前の札差『大国屋』の若旦那の知太郎さんでしょうか」

「『大国屋』の知太郎だな。最近、というと、以前は他にいたのか」

「はい。同じ田原町にある『金扇堂《きんせんどう》』の若旦那の光吉《こうきち》さんや『辰巳屋《たつみや》』の秀太郎《しゅうたろう》さんらと仲がよかったと思います」

『金扇堂』は高級な化粧品や櫛、簪《かんざし》などの小間物《こまもの》を扱っている店で、『辰巳屋』は大きな古着屋の店だという。

「仲がよいとはどの程度の付き合いなのだ」

お孝は言い淀《よど》んだ。

「これも、お栄を助け出すためには聞いておかねばならぬのだ。言いづらいことでも、話してもらわねばならぬ」

剣一郎は強く言う。

「はい。申し訳ございません」

お孝は素直に謝り、

「じつは、お栄は派手好きで、甘え上手で、殿方に媚《こび》を売るのがとてもうまく、誰とでも仲良くなってしまう性格でした。ですから、いつも違った男の方と遊び回っておりました」

自由奔放《ほんぽう》な性格が透けて見えるようだ。

「正直、私はいつも危なっかしく見ていました。何度か注意をしたのですが、いっこうに改まる節はなく、ほんとうにはらはらしていたのですが、最近は知太郎さんだけに絞ったようで、知太郎さん以外のお方とはあまり付き合わなくなっていました」

「知太郎はどんな男だ？」

「女子から好かれそうな、面長で、目鼻だちの整ったお方です。二十三、四歳でしょうか」

「そなたは、お栄と知太郎の付き合いをどうみていた？」

「知太郎さんは、単なる遊びだと思っていました」

「どうしてそう思うのだ？」

「知太郎さんはお酒が好きで、女に手が早いと聞いたことがあります。あっ、すみません。今のことは、ここだけの話に」

「心配ない」

どうやら、知太郎は道楽者であり、お栄も派手好きの遊び好き。そんなふたりの印象が徐々《じょじょ》に形作られていく。

「三日前に、行き先も告げず出掛けて行ったということだが、知太郎に会いに行った可能性も考えられるか」

「はい。でも、知太郎さんに会うなら、そう言って行くと思うのですが……」

お孝は困惑ぎみに言う。

「今回のかどわかしで、何か気づいたことはあるか」

「いえ、まったくありませぬ」

お孝は不安で押しつぶされそうな様子で、

「どうか、お栄を助けてやってくださいませ。お願いでございます」

と、深々と頭を下げた。

再び、三左衛門を呼んだ。

「よいか。この者を客として、置いておく。何かあったら、この者に言うように」

「わかりました。どうぞ、よろしくお願いいたします」

剣一郎は隠密廻り同心の新兵衛を残し、ひとりで『よしの家』を出た。

三

深編笠をかぶり、剣一郎が向かったのは『金扇堂』である。

狭い間口の割には、中はゆったりとしていて、扇子《せんす》がつるされ、高価な櫛、笄《こうがい》、簪などが並んでいた。

笠をとって、剣一郎は店の横にある家人用の出入り口から土間に入り、案内を乞《こ》うた。

女中が出て来た。すぐに青痣与力だとわかったようだ。左頬の青痣は、すっかり世間に知れ渡っていた。

「光吉に会いたい」

女中に、光吉を呼んでもらうように言った。

「ただいま、呼んで参ります」

女中は奥に引っ込んだ。

しばらくして、あわてたように若い男が飛んで来た。

「光吉でございます。何か、御用の筋《すじ》で」

心なしか、顔が青ざめている。のっぺりとした、いかにも苦労知らずの顔をしている。

「どうした、そんなにあわてて」

剣一郎はかえって訝しく思った。

「いえ、ちょっと知り合いと喧嘩《けんか》をしてしまったので」

光吉は小さくなって言う。

「相手は女子か」

「はい」

「遊びで付き合っていたことを詰《なじ》られたのか」

剣一郎が言うと、光吉は目を丸くして、

「とんでもありません」

と、懸命に手を顔の前で振った。

「安心しろ。そなたのことではない。『よしの家』のお栄のことを聞きたいのだ」

「お栄さんの？」

光吉は訝しげな顔をした。

「そうだ。ここできいてよいか」

「いえ。あの」

光吉は迷っていた。

「外に出てよろしいでしょうか」

「うむ。では、この近くに稲荷《いなり》があったな。その境内《けいだい》で待とう」

「はい」

剣一郎は一足先に稲荷社に行った。

小さな稲荷社で、赤い幟《のぼり》がはためいている。

急いで、光吉が駆けて来た。

そして、剣一郎の前で直立になった。

「楽にせよ。お栄とは親しかったようだな」

「いえ、半年前まではそうでしたが、今はそうでもありません」

「どうしたのだ？　喧嘩でもしたのか」

「いえ。あの女、いえお栄さんは気が多い女で、飽《あ》きっぽいんですよ」

「捨てられたのか」

「別に、捨てられたわけじゃありません。あんな女」

光吉は強がりを言う。

「お栄は、最近は誰と親しいんだ？」

「札差『大国屋』の知太郎です。あっちは金が唸《うな》っていますからね。あたしたちはかないっこありませんよ」

光吉は顔を歪《ゆが》めて言う。

「ふたりはどの程度の仲なんだ？」

「お栄さんのほうが惚れているみたいですが、どうなりますやら」

「知太郎はお栄と所帯を持つつもりではないのか」

「とんでもない。知太郎だって、なかなかの道楽者です。他にも、お道っていう女がいます。お栄のような女は嫁にもらわないと思いますよ」

可愛さ余って憎《にく》さ百倍といったところか、光吉はお栄に対して手厳しい。

「『辰巳屋』の秀太郎とも、皆仲間なのか」

「ええ。あたしと知太郎、秀太郎はときたまいっしょに『よしの家』に遊びに行っていました。その席に、お栄が酌《しゃく》に出て来て、親しくなったんです。あたしの前には、お栄は秀太郎と付き合ってました」

「お栄はなかなか情熱的な娘のようだな」

「情熱的って言うんでしょうか」

光吉は皮肉そうに笑った。

「お栄とは縒《よ》りを戻したいか」

「とんでもありません。あんな、あばずれは願い下げです。それに、あたしは嫁をもらうことになりましたから」

「嫁を?」

「はい。そろそろ商売にも本腰を入れなきゃなりませんので」

「なるほど。親に懇々《こんこん》と諭《さと》されたと見えるな」

「まあ」

光吉は素直に認めた。

光吉はかどわかしに関係ないと、剣一郎は思った。

「青柳さま。お栄さんに何かあったのですか」

「いや。親御がちと心配しているのでな」

話をぼかしてから、

「お栄は、そなたたち以外に、いわくありげな連中と付き合いはあったのか」

「そうですね。かなり、奔放な女でしたから、いろんな男と付き合っていました」

「たとえば、どんな男がいるのだ?」

「遊び人ふうの男と親しかったです。博打《ばくち》打ちだとか言うことでした。でも、今は付き合っちゃあいないと思いますが」

「どうして、そう思うのだ？」

「二股をかける女ではなかったですからね。気が多いといっても、そのときに付き合っている男しか目に入らないようです。ただ、飽きっぽいんです」

「そうか。いろいろわかった。礼を言う」

「青柳さま。待ってください。お栄さんに何かあったんじゃないですか」

光吉は真剣な眼差《まなざ》しできいた。

剣一郎は、光吉の目に嘘がないことを確信した。

「お栄が三日前から帰っていないのだ」

「えっ、ほんとうですか」

光吉は目を見開き、口を半開きにした。

「お栄がどこに行ったか、心当たりはないか」

「知太郎のところしか考えられません。そういえば、きのう『大国屋』の前を通り掛かったとき、知太郎を見かけましたが、様子が変でした」

「変とは？」

「ちょっと虚《うつ》ろな顔でした。あたしが声をかけても、気づかないで、どこかへ出掛て行きましたから」

光吉はそのときのことを思い出して言う。

「そのような知太郎をかつて見たことはないのか」

「ありません」

知太郎はお栄の変事を知ったのかもしれない。

「お栄のことは、ここだけの話にしておいてもらおう。よいな、他言無用だ」

「わかりました」

「光吉。嫁をもらうなら、もう女遊びをやめるんだ。よいな」

「はい。そうします」

光吉は大きく答えた。

秀太郎に会う必要はないと判断し、光吉と別れ、蔵前通りを蔵前に向かった。札差『大国屋』の知太郎に会うのだ。

おぼろげながら、お栄の姿がわかってきた。お栄は移り気で、色恋沙汰《ざた》の絶えない女だったようだ。器量がよく、男たちからちやほやされている。

そんなお栄に翻弄《ほんろう》された男は少なくないに違いない。

鳥越橋を渡ると、天王町《てんのうちょう》に札差『大国屋』の大きな店があった。天王町一番組に属するもっとも大きな札差だった。

得意先である旗本・御家人《ごけにん》の数もかなりいる。

剣一郎はやはりここでも家人用の出入り口から土間に入り、笠をはずし、素顔を晒《さら》して案内を乞うた。

出て来た女中に、知太郎に会いに来た旨《むね》を告げた。名乗らずとも、左頬の青痣で、正体は知れたようだ。女中はすぐに奥に引っ込んだ。

その女中といっしょに内儀《ないぎ》ふうの女がやって来た。知太郎の母親にしては歳が若すぎる。

「青柳さまでございますか。知太郎の母親のくににございます。何か、知太郎に御用でございましょうか」

母親といっても、継母《ままはは》だろう。

「知太郎は留守か」

「いいえ。じつは、きのうから、気分が優れないといい、寝込んでおります」

「気分が優れない？」

「はい」

おくには形のよい眉を寄せ、

「あまり食欲もございません。ときたま、身震《みぶる》いをしています」

「医者には見せたのか」

「はい。特に、体には異常はないとのことでございました」

剣一郎は、知太郎は何かを知っているのかもしれないと思った。

「少し、話がしたいのだが」

「どのような御用でございましょうか」

おくにが心配そうにきく。

「いや、たいした用ではない。役儀とは無関係のことだ。『金扇堂』の光吉のことで確かめたいことがあったのだ。気にするようなことではない」

剣一郎はごまかし、

「すまぬが、知太郎の様子を見てきてくれないか」

と、頼んだ。

「わかりました。少々、お待ちくださいませ」

おくにはすぐに立ち上がって奥に向かった。

知太郎がお栄の失踪《しっそう》に何か絡《から》んでいるのではないかと思ったが、もとより推測に過ぎない。

　おくにが戻って来た。

「申し訳ございません。今はとうていお話しすることが出来ないようでございます」

「そうか。仕方ない。では、明日また出直すことにしよう。知太郎に、そのように伝えておいてくれ」

「承知いたしました」

　剣一郎は土間を出て、深編笠をかぶり、蔵前通りを引き上げた。

　知太郎は避けている。そうとしか思えない。かどわかしに手を貸したか、それとも、犯人に脅されているのか。いずれにしろ、知太郎は関わりがある。剣一郎はそう思った。


　剣一郎は田原町に戻って来た。ここまで、つけられている気配もなければ、『よしの家』の周辺に、見張りがいるような様子もなかった。

　剣一郎は『よしの家』に入った。

　女中に案内されて、さっきの座敷に行った。

　新兵衛がやって来た。

「何か動きはあったか」

「はい。身代金要求の文が届きました。石を包んで丸めて投げ込んで来ました」

「で、いくらだ」

「はい。千両だと」

「なに、千両」

剣一郎は多額の身代金にちょっと小首を傾げた。

確かに、大きな料理屋だが、千両など、おいそれと出せるとは思えない。

「三左衛門はなんと言っている?」

「言葉を失っています。そんな金はないと嘆《なげ》いていました」

「そうであろう」

剣一郎は首を傾げた。

「で、取引場所は?」

「寺島村の新梅屋敷《しんうめやしき》で、今夜五つ（午後八時）ということです」

「新梅屋敷か」

剣一郎はまたも妙に思った。

夜だから、漆黒《しっこく》の闇を期待しているのか。だが、そこで千両を受け取ったとして、どうやって逃げる気なのか。

障子の外にひと影が差した。

「失礼いたします」

障子が開き、三左衛門が入って来た。

「金を要求して来たそうだな」

「青柳さま。千両など、用意出来ませぬ」

三左衛門が疲れた顔で言う。

「新梅屋敷に、お栄を連れて来ているかは疑わしい。ともかく、新兵衛にそこまで行かせよう。私も行く」

「どうぞ、よろしくお願いいたします」

すがるように言う三左衛門のやつれた顔を見て、なんとしてでもお栄を助け出すのだと、剣一郎は改めて自分を叱咤《しった》した。

新兵衛と今夜の打ち合わせをし、剣一郎は一足先に寺島村に向かった。

吾妻橋を渡ると西陽が背中に射し、広々と広がる葛西《かさい》の田畑を赤く染めている。水路や田圃《たんぼ》の水に夕陽が照り返っている風景に心落ち着くのを剣一郎は感じる。だが、やがて、陽が落ち、赤く輝く風景が闇に消えると、醜い人間が暗躍をするのだ。

これから向かう新梅屋敷は、文化《ぶんか》元年（一八〇四）に佐原鞠塢《さはらきくう》が、親しい数人の文人から贈られた梅の木を植えて庭園にして開いたものである。やがて、梅の名所となり、亀戸の梅屋敷に対して新梅屋敷といわれている。

その新梅屋敷をかどわかしの犯人がお栄と千両の引き渡し場所として指定してきたのだ。

吾妻橋を渡り、隅田堤を向かううちに、空は暗くなり、西の空を見ると、浅草寺五重塔が残照に染まっていた。

それも、やがて消え、辺りは暗くなった。

用心をし、あえて遠回りをして、剣一郎は白鬚《しらひげ》神社の先から土手を下り、裏手から新梅屋敷に近づいた。

ここまで、特に怪しい人間には出会わなかった。

夜になって、冷えてきた。新梅屋敷の門は閉ざされている。剣一郎は欅《けやき》の樹陰の暗がりに身を潜めた。

指定の時刻まで、まだ半刻（一時間）近くある。だが、剣一郎は緊張を緩めることはしなかった。冬眠から目覚めたのか、蛙《かえる》の鳴き声が聞こえる。

犯人も事前に動きだしている可能性がある。仲間をどこかに配置し、やって来るのが『よしの家』の主人だけかを見極めようとしているはずだ。

　このかどわかしに、『大国屋』の知太郎が関わっている。そう思える。しかし、そうだとしたら、知太郎が病気だと称して、剣一郎にも会おうとしないのはなぜか。

　自分に疑いがかからぬよう、とぼけて会ったほうが身のためではなかったか。剣一郎と話せば、町方の動きがわかるのだ。

　それ以上に、気にかかることがある。知太郎がかどわかし犯の一味だとしたら、剣一郎が訪ねたことで、『よしの家』が忠告を守らなかったことが犯人に知れてしまったかもしれないのだ。

　五つに近づき、土手のほうから提灯の明かりが見えた。駕籠《かご》だ。蛙の鳴き声が消えた。

　新兵衛に違いない。駕籠は新梅屋敷の手前で止まり、新兵衛が下りた。そこに駕籠を待たせ、新兵衛は新梅屋敷の門前に立った。

　剣一郎は樹陰から新兵衛を見、そして、辺りに目を配った。

　月が雲間に隠れて一瞬辺りが暗くなり、再び月影が射す。蛙がまた鳴きだした。

　五つを過ぎた。だが、周囲に異状はない。

　そのまま四半刻（三十分）が過ぎた。犯人からの接触はない。剣一郎は焦《あせ》りだした。さらに、四半刻経ち、剣一郎は暗がりから飛び出した。

「青柳さま」

新兵衛が暗い声を出した。

「現れぬな」

剣一郎は不安に襲《おそ》われた。

『よしの家』が町方に知らせたことを、犯人に気取《けど》られた可能性があった。

周囲は静けさに包まれている。もう、犯人が現れる形跡はなかった。

四

鶴岡に来て五日目の朝を迎えた。

この四日間、御給人と呼ばれる下級武士の住んでいる侍屋敷町を中心に町を歩き回ったが、江戸での噂は何ひとつとして耳に入って来なかった。

きょうまで四日も無為《むい》に過ごしてきたことになる。大出俊太郎の名を出せば、住まいなり、わかるかもしれないが、そんなことをしたらたちまち警戒されるだろう。

致道館の見学も叶わない。致道館は三の丸の内にあり、致道館の傍《そば》まで行くことも許されない。よそ者は容易に入ることは出来ないのだ。

　女中が朝食を運んで来てくれた。

「いつもすみません」

　志乃が手伝おうとするのを、女中は明るい顔で笑って、てきぱきと支度をしてくれた。

「どうぞ、ごゆるりと」

　女中が去ってから、朝食をとる。

「こんなに世話になって、申し訳ないような気がします」

　志乃はしみじみ呟《つぶや》く。

「きょうは、いっしょに少し遠くに行ってみよう」

　剣之助は志乃に言った。はいと頷《うなず》く志乃に、剣之助は自然に笑みがこぼれた。なぜ、笑みがこぼれたのか、自分でもよくわからない。

　志乃の美しく可愛い表情に仕合わせを感じたのかもしれない。

　きのうまで町を歩き回っても、剣之助に意趣《いしゅ》返しをしようというような輩《やから》は現れなかった。

　食事を終えたとき、浜岡源吾から使いが来た。

剣之助よりも若く、元服を終えたばかりなのか、月代《さかやき》の頭も清々《すがすが》しい若者だった。

「浜岡先生より、きょうの昼過ぎに訪ねて来てくださいとのことにございます」

若々しい声で言う。

「承知いたしました。必ず、お伺いいたしますとお伝えください」

「はい」

きびきびした動作で頭を下げ、踵《きびす》を返し、若者は引き上げて行った。

「致道館ですね」

「うむ。やっと、住谷先生はお時間がとれたようだ」

剣之助の胸は弾《はず》んだ。

質実剛健《しつじつごうけん》の武士を生み出す藩校である。どのような教育が行なわれ、皆どのような藩校生活を送っているのか。剣之助は興味があった。


午後、剣之助は致道館へ通じる三の丸の木戸にやって来た。

先日の門番に、浜岡源吾への取り次ぎを頼んだ。また若い門番は、致道館まで走って行った。

待つほどのこともなく、浜岡源吾がやって来た。

「さあ、どうぞ」

浜岡源吾は先に立った。

剣之助は足早になって、浜岡源吾と並ぶ。

内川の支流の向こう側には矢場がある。右手に十五間《けん》矢場と武術稽古場があり、そこをまっすぐ西に向かう。

どうやら入口は反対側になるらしい。幾つもの建物が並んでいるのを右手に眺めながら、回り込むと、表御門に出た。

小橋を渡り、瓦屋根の門を潜ると、まっすぐ続く道の正面に建物が見えた。

「あそこが講堂です」

浜岡源吾は説明し、

「これは聖廟《せいびょう》です」

と、すぐ左手にある門を示した。

「孔子《こうし》さまをお祀《まつ》りしている廟です。二月と八月に、孔子さまを祀る典礼、釈典《しゃくてん》を行ないます。この式には藩主もお出でになられ、拝礼します」

門から覗くと、聖廟の建物が見えた。

その聖廟の隣には、神社があった。

「さあ、どうぞ、お上がりください」

講堂の玄関で、浜岡源吾が言う。

「失礼します」

剣之助は廊下に上がった。

ふと、浜岡源吾が振り向き、そこに腰を下ろした。

「どうぞ」

座るように言われ、剣之助も正座した。

「青柳どのにまずお詫びを申し上げねばなりませぬ。住谷先生は手の離せぬことがあり、代わりに私から青柳どのを案内するように申し渡されました。どうぞ、あしからず思《おぼ》し召《め》しくださいますよう」

浜岡源吾が体を折った。

「とんでもありませぬ。私のような若輩《じゃくはい》がご無理を申し上げ、かえってお気を遣わせてしまいましたこと、心よりお詫びいたします」

剣之助はあわてて言った。

「それでは、私から致道館についてご説明申し上げます」

浜岡源吾は切り出した。

「致道館は文武の業に励み、個人個人の天性の素質を十分に生かし、親孝行はもちろん、藩の御用に役立つ人物の育成を目指しております。入学資格は、御家中の子弟に限られておりまして、一般庶民は入学出来ません。しかし、御給人の子弟であっても、秀でた才のある者については相談の上に、入学を許されております」

入学出来る者は御家中、すなわち上級武士だけかと思っていたが、そうではないようだ。しかし、ほんとうに下級武士である御給人の子弟が入学した例があるのだろうか。

「入学年齢は十歳からとなっております。致道館の教育は朱子学ではなく、徂徠学を根本にしております。まず、句読所《くとうしょ》の『西の間』に入学し、学業優秀なものは、『中の間』に進み、さらに『東の間』へと進級していきます。そして、最上級の『北の間』に進み、そこで優れた学業の者は繰り上がって終日詰に……」

浜岡源吾の説明は続く。

「生徒は、孝経《こうきよう》・論語《ろんご》・詩経《しきよう》・書経《しやきよう》・礼記《らいき》・大学《だいがく》・中庸《ちゆうよう》・周易《しゆうえき》の順序で、暗唱していきます。『北の間』から繰り上がった終日詰の学業は、四書五経、そして左伝《さでん》・国《こく》語《ご》・戦国策《せんごくさく》・史記《しき》・前漢書・後漢書・唐詩選……」

進級には検閲《けんえつ》という学力調査があり、厳しい選考により認められた者は外舎生となり、さらに老子・管子《かんし》・荘子《そうし》・孟子などを学び、毎月の課題が文三題。詩は古詩、律《りっ》詩《し》、絶句を五首提出しなければならない。さらに、試舎生、その上に舎生となる。

凄《すさ》まじいほどの学業だと、剣之助は目を見張った。

「さて、これから、学びの場をご覧いただきますが、何かご質問はおありですかな」

浜岡源吾がきく。

「はい。さきほど、御給人の子弟であっても、秀でた才のある者については相談の上に、入学を許されているとお伺いいたしましたが、実際にはいらっしゃるのですか」

「いや」

浜岡源吾は少しためらったあと、

「今はおりませぬ。以前はひとりおりましたが……」

と、それまでとは違う口調で答えた。

「では、参りましょうか」

浜岡源吾は立ち上がった。

ひと通り、建物を見学した。朝五つ（午前八時）に始業で、昼の八つ（午後二時）には終業となり、各間にはすでに生徒はいなかった。

ただ、外舎生は七つ（午後四時）から武術の稽古があり、まだ、勉強をしていた。

途中、年配の武士とすれ違った。鬢《びん》に白いものが目立つが、胸板が厚く、背も高い。

その武士が鋭い眼光で剣之助を見た。

すかさず、浜岡源吾が近づき、

「金子樹犀先生が、住谷先生にご紹介した……」

「金子樹犀だと」

その武士が不快そうに顔を歪めた。

そして、何も言わずに去って行った。

「今のお方は？」

「司業《しぎょう》の国木田《くにきだ》さまだ」

浜岡源吾は苦い顔でいう。

司業というのは教育の責任者であり、ふたりいるという。

すべて見学し、説明を受け、半刻余りが経った。

「疲れたかな」

外に出てから、浜岡源吾がいたわるように言う。

「ちょっと、お伺いしたいことがあるのですが」

剣之助は遠慮がちに言った。

「なにかな」

馬場の端にある四阿《あずまや》のような場所に行った。日溜まりで、暖かい。周囲にはひと影はなかった。

「先ほど、お会いした司業の国木田さまは樹犀先生のことを快く思っていないのでしょうか。なんだか、顔つきが変わりましたので」

家塾をやりたくて致道館をやめ、酒田に来たものとばかり思っていたが、何か曰《いわ》くがありそうな気がしたのだ。

浜岡源吾がほんとうのことを話してくれるかどうか危ぶんだが、剣之助はきかずにはいられなかった。

「お恥ずかしい話だが、藩校内はふたつの学派に分かれ対立を繰り返してきた」

浜岡源吾はため息混じりに続けた。

「庄内藩に徂徠学を取り入れたのは、家老を歴任された水野元朗、疋田進修《ひきだしんしゅう》という方たちでした。お二人は朱子学を修めたものの、その後、徂徠学に傾倒し、荻生徂徠の高弟である太宰春台《だざいしゅんだい》に兄事《けいじ》したそうです」

矢場のほうから気合が聞こえた。稽古がはじまったのか。

「この水野元朗さま、疋田進修さまによって、徂徠学が家臣の間に広まり、その門下に致道館の設立に功のあった白井矢太夫《しらいやだゆう》さまがいたのだ。その後、藩内で、ちょっとしたことがあってから」

「ちょっとしたこととは？」

剣之助は疑問を口にした。

「藩内の恥をべらべら喋ってはお咎《とが》めを受けそうだが、まあ、青柳どのなら構うまい。いわゆる政変だ。しかし、詳しいことは言えぬ」

「はい。わかりました」

「その政変をきっかけに、家臣の間で対立が生じ、それがそのまま致道館にも及んだのだ。当時、致道館の教師として突出していた白井矢太夫の弟の白井惣八《そうはち》と犬塚男内《いぬづかだんない》という方々が学問のことで対立したのだ。すなわち、白井惣八は荻生徂徠の学風や自由な言行を信奉し、学問についても自主的な姿勢を尊重し、日常でも自由な生活を好んだ。しかし、犬塚男内は、太宰春台の謹厳な学風と性格を受け継ぎ、謹直な生活を重んじる。現在は、犬塚男内の説く、謹厳な学風と生活を重んじる考えが主流を占めている。白井派を放免《ほうめん》派、犬塚派を恭敬《きょうけい》派と称し、この両派の対立はいまも続いているのだ」

浜岡源吾は息継ぎをし、

「この致道館を出た者が藩の重要な役に就く。したがって、藩の要職は、犬塚男内系の学派で占められて、白井矢太夫につらなる派の者は左遷《させん》させられたりしている。金子樹犀先生は、この対立を嘆き、嫌気が差して辞めていったのであろう」

「そうだったのですか」

のほほんとして、摑《つか》み所のないような金子樹犀だが、実際は骨のある男なのかもしれない。

「さっきの国木田さまというのは？」

「もちろん、今実権を握っている学派だ。それでなければ、司業にはなれない」

「当然、住谷先生も？」

「いや。住谷先生は体制派に属しておられるが、根は違うと思われる。樹犀先生を尊敬しておられるからな」

「そうですか」

陽が位置を変え、日陰になった。

「寒くなった」

そう言って、浜岡源吾が腰を浮かせた。

剣之助も立ち上がった。

「住谷先生に一度、ご挨拶を申し上げたいと思いますが、いつ頃でしたら、お時間がいただけそうでしょうか」

門に向かいながら、剣之助はきいた。

「そうだな」

浜岡源吾は首を傾げた。

「じつは、江戸でちょっとした事件があったのだ。そのことで、先生は動き回っておられるのだ」

「江戸で？」

剣之助はどきりとした。

「いったい、何があったのでしょうか」

剣之助がきくと、立ち止まって、浜岡源吾はきっと鋭い目を向けたが、すぐに表情を和らげ、

「そなたは不思議な男だ。そなたには、なんでも話してしまう」

浜岡源吾は苦笑した。

「恐れ入ります」

「江戸勤番の沢野信次郎《さわのしんじろう》という男が失踪したのだ」

「失踪？　江戸のお屋敷からですか」

「そうだ。先日、江戸から文が届き、沢野信次郎がいなくなった、国元に帰っていないかという問い合わせがあった」

父の問い合わせの件とは別だった。

「沢野さまというのは御家中のお方なのですか」

再び歩きだして、剣之助は訊ねる。

「そうだ。御蔵方の役人だ。参勤交代で江戸詰になっていた。謹厳実直な男だ。その者が失踪するとは考えられぬ。何かがあった。住谷先生は、沢野信次郎を買っていただけに驚かれている」

「そうでしたか。遠い江戸でのことでは、ただ気を揉《も》むだけでしょうね」

それにしても、いったい江戸で何があったのか、と剣之助は暗い気持ちになった。

「沢野さまのご家族は？」

「母親と弟がいる。この弟も優秀な人間で、外舎生としてここに通って来ている」

門に近づいた。

よほど、江戸で吉原の遊女と心中した大出俊太郎のことをきこうとしたが、思い止《とど》まった。怪しまれると、用心したのだ。

「それでは、住谷先生によろしくお伝えください」

剣之助は礼を言い、浜岡源吾と別れ、小橋を渡って行った。

陽は西に傾き、寒くなっていた。

木戸を出てから通り丁に差しかかったとき、背後からやって来る武士が同じように、通り丁に曲がって来た。

つけて来たのか。それとも、偶然、行き先が同じなのか。あとは一本道であり、尾行者かどうか、わからなかった。

『越前屋』に着いた。剣之助は振り返った。さっきの武士はそのまま歩き去っていく。やはり、つけて来たと思ったのは気のせいだったようだ。

五

その日、夕方まで待ったが、犯人からは何も言って来なかった。

剣一郎は『よしの家』の座敷で、犯人からの知らせを待っていたのだ。

ゆうべ、新梅屋敷に行ったが、ついに犯人は現れなかった。剣一郎に気づいて、近づかなかったのか。それとも、最初から、きのうは取引をする気がなかったのか。

「青柳さま。いったい、どうなっているのでございましょうか」

三左衛門が憔悴《しょうすい》した顔を向けた。最近、あまり眠れないのだろう。ひげも剃らず、頬も少しこけて、いっぺんに老け込んだように見えた。

「やはり、私が宇野さまにお願いしたのが悪かったのかもしれない」

役人に知らせるな、という犯人からの指示に背《そむ》いたことを後悔するように嘆《なげ》く。

「そうですよ。だから、よしましょうと言ったのです」

女将のお房が三左衛門を責めた。

が、ふたりの言葉は剣一郎の胸に激しく突き刺さる。まるで、剣一郎の責任であるかのようだ。

「きょう一日待ち、何も言って来なければ、奉行所を挙げて探索することにする」

剣一郎が覚悟を決めて言う。

女中が行灯に明かりを点《つ》けに来た。辺りが暗くなっていた。

外を見張っている新兵衛から連絡はない。犯人は動かない。なぜなのだ、と剣一郎は訝った。

剣一郎と新兵衛の存在に気づいたのだとしたら、犯人は自分たちの指示を裏切られたことになり、そのことを詰る文が届き、さらに次回の取引を指示してくるのではないか。

なぜ、犯人は何も言って来ないのか。

剣一郎は立ち上がった。

「もし、何か動きがあれば外に新兵衛がいるので知らせよ」

「はい」

三左衛門は弱い声で頷く。

剣一郎は玄関から外に出た。

門を離れたところで、新兵衛が近寄って来た。

「まったく、犯人がやって来る気配がありませぬ」

並んで歩きながら、新兵衛は辺りに目を配る。

「うむ。夜になってから近づくのかもしれない。もう少し張っていてくれ。私は『大国屋』の知太郎に会って来る」

はっと答え、新兵衛は『よしの家』に戻った。

剣一郎は蔵前通りに出た。行き交うひとも、どことなく忙《せわ》しなく見えた。酒屋の小僧は急ぎ足で横切り、棒手振《ぼてふ》りが横町に消えた。

商人ふうの男や職人の足取りも速い。

大川《おお》と三味線《しゃみせん》堀との間を流れる川にかかる鳥越橋を渡り、剣一郎は札差『大国屋』の前にやって来た。

家人の使う玄関に入り、案内を乞うた。

薄暗い奥から、若い内儀がやって来た。知太郎の継母のおくにだ。

「これは青柳さま」

「知太郎に会いたい」

「きょうも寝込んでおります」

おくには困惑したように言う。

「きのうは知太郎はどうしていた？　起きて出掛けたり、あるいは誰かが訪ねて来たりしたか」

「いえ、ずっと部屋に閉じこもっておりました」

「間違いないか」

「はい。間違いありません。食事をとらないので、何度も様子を見に行きましたから、部屋にいたことは間違いありません」

「よし。部屋に案内してもらおう」

おくには困惑した顔つきになったが、剣一郎は有無を言わさずに部屋へ向かった。

内庭に面した奥座敷で、知太郎は寝ていた。

「知太郎さん」

おくにが呼びかけた。

その声に顔を向けたが、剣一郎に気づくと、あわてて顔を隠すように、知太郎は掛け布団を引っ張った。

「八丁堀与力の青柳剣一郎だ」

枕元に座り、剣一郎は声をかけた。

布団が微《かす》かにふるえた。

「なぜ、私が来たのかわかるか」

「いえ」

「具合はどうだ？」

「はい。なんだか、胸が苦しくて」

知太郎は元気のない声を出す。

「何かあったのか」

「いえ、なんでも」

「お栄のことで気を病んだのではないのか」

「違います」

知太郎が悲鳴のような声を出した。

「違うとは何が違うのだ？」

「ですから、私はお栄さんのことには関係ありません」

「知太郎。起きろ」

剣一郎は鋭《するど》く言う。

傍らにいたおくにが顔色を変えた。

「青柳さま。知太郎さんに何が」

「知太郎はお栄のことで何かを知っているのだ。そのことで気が塞《ふさ》いでいる。良心の呵責《かしやく》ではないのか。どうだ、知太郎」

「知太郎さん。どういうことなの」

おくにが知太郎の顔を覗き込む。

布団の中で、知太郎は震えていた。

「知太郎。言うのだ」

「私は何も知りません。何のことだかわかりません」

知太郎は布団をかぶった。

「知太郎さん。大丈夫？」

おくには知太郎に呼びかけたあと、

「青柳さま。どうか、きょうのところはお引き取り願いとう存じます。誰か、誰か」

おくには大声を上げて廊下に出た。

飛んで来た女中に、

「すぐに宗伯《そうはく》先生を呼んで来ておくれ」

と、命じた。

「医者の見立てを待とう」

剣一郎が帰らぬつもりでいると、おくには部屋を出て行った。

しばらくして、主の大国屋文右衛門《ぶんえもん》がやって来た。四十半ばの下膨《しもぶく》れの、福々しい顔をした男だ。

おくにが呼んで来たのだ。

「青柳さま。いったい、知太郎が何をしたというのでしょうか」

文右衛門が抗議をするように言う。

文右衛門は江戸の豪商のひとりで、自らも俳句を作り、俳人や画家などの後援をしている。いわゆる文人気取りの男であった。

「場所を改めたい」

剣一郎は別間に案内するように言った。

「わかりました。どうぞ」

文右衛門は少し離れた部屋に剣一郎を通した。おくには知太郎の部屋で医者を待っているようだった。

剣一郎は文右衛門と差し向かいになった。

「青柳さま。知太郎は青柳さまに咎められるようなことをするはずがございません」

道楽息子に育てたことへの反省などなく、文右衛門は身に降りかかった火の粉を払うように言った。

「大国屋。そなたは、知太郎のことをどこまで知っているのだ？」

「知太郎は私の倅《せがれ》です。だいたいのことはわかっているつもりですが」

分厚い唇を少し歪めて、文右衛門は剣一郎の言葉を跳ね返すように言った。

「そうか。では、『よしの家』の娘お栄とのことを知っているか」

「お栄のことは知っています。知太郎とお栄がどうかしたというのですか」

「ふたりがどのような間柄か知っているのか」

「どのような……？」

文右衛門は不安そうな顔になった。

「かなり親しい間柄だと聞いている」

「まあ、それは遊びでございましょう。まさか、相思相愛《そうしそうあい》の仲ではありますまい。お栄のようなあばずれ、いや奔放な女に恋煩《こいわずら》いをしたとでも仰いますか」

文右衛門は苦笑した。

「医者は、知太郎の病状を恋煩いと見立てたのか」

「体のどこにも異常はなく、ただ胸がつかえて食欲がないとのこと。恋煩いではないが、時間が経てば治るだろうと言っておりましたが」

「文右衛門、よく聞け。お栄は何者かにかどわかされた。身代金の要求の手紙が来たが、取引場所に犯人は現れなかった。お栄のことを、知太郎は知っているようだ」

「噂が耳に入ったのでしょうか」

「いや」

剣一郎は言下に否定した。

「『よしの家』のことは誰にも一切話していない。知っているのは『よしの家』の者と奉行所の一部の者のみ。しかし、知太郎はお栄のかどわかしを知っている節がある」

「まさか」

文右衛門は目を泳がせた。

剣一郎はこれまでの経緯を語り、

「犯人が、なぜ取引場所に現れなかったのか。私がこの事件に首を突っ込んだことを知る可能性があったのは、知太郎だ。きのう、私は知太郎を訪ねた。臥《ふ》せっているということで会えなかったが、知太郎は私がやって来たことで何かを察したはずだ」

「知太郎の病はお栄のこととは関係ありませぬ。まったくの偶然かと思います」

「そうかな。そのことを含め、知太郎には訊ねたきことが幾つかあるのだ」

「わかりました。私から問い詰め、明日にでもお答えいたしまする」

「よかろう。しかし、答えによっては、私がじかに確かめなければならぬ。よいな」

「畏まりました」

剣一郎は立ち上がった。

『大国屋』の玄関を出て、少し離れた場所で、剣一郎は立ち止まった。診察を終えて引き上げて来る宗伯を待つためだ。

しばらくして、宗伯が玄関から薬籠《やくろう》持ちを従えて出て来た。

剣一郎が前に立つと、宗伯は、

「青柳さまですか」

と、きいた。

「文右衛門が、何か言っていたな」

外で、青痣与力が待ち伏せている、よけいなことは喋るなと、小判を握らされたか。

「知太郎はいかがだ？」

「だいぶ興奮しておりましたが、やっと落ち着きました。今夜は、あのままそっとしておいたほうがよろしいかと思います」

「何の病だ？」

「さあ、少しお疲れのようでございます」

「仮病ではないのか」

「いえ」

「宗伯。見立て違いがあとでわかったら、そなたの評判に傷がつくぞ」

剣一郎は脅した。

流行《はや》り医者は、評判が広がることで繁盛しているのだ。一度、評判が落ちれば、たちまち、患者が遠のく。

脅しが効いたのか、宗伯は小声になって、

「仮病ではありませんが、悪いところはどこにも見当たりません。どうやら心の問題のようです。何か、辛い目にあったか、悲しい目にあったか。心労が重なったのでしょう。それを誰にも打ち明けられずに苦しんでいるようです」

「仮病ではないのか。よし、わかった。心配いたすな。そなたからは何も聞かなかったことにする」

宗伯はほっとしたように表情を和らげ、

「では」

と、剣一郎の前から離れると、胸を張って堂々と引き上げて行った。

剣一郎は再び『よしの家』に戻った。

しかし、門前を通りすぎた。少し行くと、新兵衛が追いついて来た。

「何の音沙汰《おとさた》もありません」

犯人からの指示は、やはりなかった。

「『大国屋』の知太郎が何か知っている。ただ、心労で寝込んでいるので、口を割らせるのに少し手間がかかりそうだ」

「ただのかどわかしではなさそうですね」

「うむ。犯人は最初から金を奪う気などなかったのかもしれない」

「青柳さま。ひょっとしたら、お栄は家出したのではないのでしょうか。なんらかの事情からかどわかされたことにする必要があったのでは」

「それは十分に考えられる。その理由を知太郎が知っているのだろう。だが、知太郎が心労から寝込むほどだ。いったい、何があったのか」

剣一郎は思案にあぐねた。

「ともかく、明日、定町廻りを動員して、探索を続けよう」

六

翌日、剣一郎は出仕して、すぐ宇野清左衛門と長谷川四郎兵衛に会った。

最初から長谷川四郎兵衛は眉間《みけん》に皺《しわ》を寄せていた。

「ようするに、青柳どのは娘の救出に失敗したわけですな」

長谷川四郎兵衛がここぞとばかりに剣一郎を責めた。

「この手の事件は慎重の上にも慎重を期さねばならない。それなのに、『大国屋』の伜に会いに行ったり、不用意ではござらぬか。もし、他の者に任せておったら、娘を救出出来たかもしれぬ」

「はあ」

剣一郎は頭を下げるしかなかった。

「青痣与力だとかいわれ、いい気になっているからこのような大失態を演じるのだ。恥を知りなさい、恥を」

「長谷川どの。それは言い過ぎだ」

宇野清左衛門が口をはさむ。

「いや。きょうは言わせていただく。娘をかどわかされた『よしの家』からはもとより、札差の『大国屋』からも苦情が来たのだ。よいな。これからは、何の疑いもないのに、病人の床《とこ》まで押しかけるような真似はやめよ」

長谷川四郎兵衛はさらに続けた。

「それだけではない。先日の情死についても、青柳どのは、まだ酒井家に関してなにやら調べているとのこと。もはや、青痣与力は南町の誇りではない。汚点でござる」

じっと、剣一郎は罵倒《ばとう》を受け止めた。

お栄を助け出すことが出来なかったのは事実なのだ。

「宇野どの。こうなったら、早く青柳どのより優秀な若い同心に探索を命じよ。このままでは、南町の名折れだ」

さんざん言いたいことを言って、長谷川四郎兵衛は部屋を出て行った。

「青柳どの。気になさるな」

「いえ。責められても仕方ありませぬ」

剣一郎は素直に謝った。

長谷川四郎兵衛は何かと剣一郎に辛く当たる。奉行所の中で、剣一郎の存在感が増すに従い、敵愾心《てきがいしん》は強くなっている。

もとはといえば、内与力を不要と考えている剣一郎に対しての反発から来ているのだ。

内与力は元からの奉行所の与力ではない。お奉行が新任のときに連れて来た自分の家来を内与力として使っているのだ。

長谷川四郎兵衛はお奉行の腹心の筆頭であり、側用人としてお奉行の代弁者になっている。その弊害《へいがい》を、剣一郎は指摘したことがある。

そのことを、長谷川四郎兵衛は根に持っているのだ。

「だが、どうなのだ？」

清左衛門の声に、剣一郎はふと現実に戻った。

「このかどわかしには裏がありそうです。その鍵《かぎ》を握っているのが『大国屋』の知太郎に間違いありませぬ」

「あの『大国屋』は長谷川どのと懇意にしている。不味《まず》いな」

「証拠を摑み、改めて知太郎に接触してみます」

「うむ。頼んだ」

まだ長谷川四郎兵衛の言葉に腹を立てているのか、清左衛門の頰は引きつっていた。

その日の午後から、定町廻り同心の植村京之進《うえむらきようのしん》が中心となって、五日前のお栄の行動を調べだした。

植村京之進は定町廻りの中でもっとも若い同心で、穏やかな顔だちながら、探索の能力は高く、剣一郎がもっとも期待をしている同心のひとりだった。

京之進もまた、青痣与力という異名をとる剣一郎に対して畏敬《いけい》の念を持って接している。

あの日、お栄は午後から出掛けた。派手な顔立ちで目立つ存在である。必ず、お栄

を見ている者がいるはずだと、浅草周辺を岡っ引きを動員して聞き込みに当たってい
る。

　剣一郎は札差『大国屋』に赴《おもむ》いた。

　客間で、主人の文右衛門と差し向かいになった。文右衛門の傍らに、若い妻女のおくにが控えた。

「いかがであったな」

　剣一郎は切り出した。

　知太郎を問い詰め、自分から答えると、文右衛門はきのう約束したのだ。

「はい。さっそく問い詰めました。が、知太郎はお栄のことはまったく知らないと申しております」

「知らない？」

　剣一郎は眼光鋭く、文右衛門を見つめた。

「知らないというのはどういうことだ。お栄の行方《ゆくえ》を知らないというのか、それともお栄とは付き合ってもいないということか」

「はい。それほどの深い関係ではないと申しております」

「大国屋。そなたは、それを信じるか」

「はい。じつは、知太郎には今、縁談があります。そういうときに、他の女子と浮ついたことをしているはずがありませぬ」

「しかし、知太郎がお栄と親しくしているという幾人かの証言がある」

「そうだとしたら、それは昔のこと。今は関係を断ち切っているはずです」

「知太郎がそのように言ったのか」

「さようでございます」

「そなたが、知太郎を信じているのなら、知太郎に会わせてもらっても構うまい。知太郎からじかに話を聞いたほうが、私も納得する」

「申し訳ありませぬ。知太郎は今、心身共に休養が必要との医者の見立て。回復するまでお待ちください」

文右衛門は一歩も引かないように言う。

「この一件、いちおう犯人から身代金要求の手紙が届いたが、どうもかどわかしではないように思っている」

剣一郎は説明する。

「お栄自らが仕組んだ可能性も否定出来ないのだ」

「お栄自ら？」

「さよう。かどわかしと見せかけ、自ら姿をくらました可能性も否定出来ない。その理由を知太郎なら知っているかもしれない。そう思ったのだ」

しかし、剣一郎は本気でそう思っているわけではない。

それなら、知太郎は寝込むほどの心労に襲われるはずはない。何かある。そう疑わざるを得ない。

「青柳さま。何度でも申し上げますが、知太郎はお栄とは関係ありません。関係ないことで、臥せっている知太郎に青柳さまを会わせるわけにはいかないのです。それでもと仰るのであれば、どうか長谷川四郎兵衛さまのお許しを得てからにしていただきたい」

文右衛門は強気に出た。

「大国屋。長谷川四郎兵衛どのと親しいようだが、長谷川どのはいまのお奉行が代われば、奉行所から去るお方。長谷川どの一辺倒《いっぺんとう》で事を進めると、あとでとんでもないことになるぞ。よく、心得ておくように」

そう言い捨てて、剣一郎は立ち上がった。

おくにに見送られて、剣一郎が玄関を出たとき、小柄な中年の男とすれ違った。手に風呂敷包みを持っている。

男は剣一郎に会釈《えしゃく》して、玄関に入った。

「直助さん、いらっしゃい。久しぶりねえ」

おくにの声が聞こえる。

「へえ。ご無沙汰《ぶさた》しております。知太郎さんとは、先日道端でお目にかかったんですが……」

玄関から離れかけた剣一郎は足を止めた。

直助という男は、知太郎と道端で会ったらしい。それはいつのことか、そして、どこでか。剣一郎は直助が出て来るのを待つことにした。

大川沿いには一番堀から八番堀までの船入り堀が櫛の歯のように並び、それぞれの堀に沿ってたくさんの米蔵が並んでいる。浅草御蔵《おくら》である。

大川の対岸の本所にも幕府の米蔵がある。元は竹の倉庫だったところで、御竹蔵《おたけぐら》と呼ばれた。

全国の幕府領から船で運ばれた年貢米は、この浅草御蔵と本所御竹蔵のふたつの米蔵に運ばれて来る。

剣之助が暮らしている酒田の庄内にある幕府領からも、米がここに運ばれて来るのだ。剣一郎はしばし、まだ見ぬ酒田の地に思いを馳《は》せた。

待つこと四半刻（三十分）。玄関から、先ほどの直助が出て来た。

直助は浅草御門のほうに向かった。

そのあとをつけ、直助が浅草御門を抜けたときに、剣一郎は声をかけた。

「直助か」

名を呼ばれ、直助はふいに足を止めた。

そして、剣一郎を見て、あっと声を上げた。微かなうろたえを見せたことを、剣一郎は怪しんだ。

「南町の青柳剣一郎だ」

「へ、へい」

直助は腰を折った。

「ちょっと訊ねたいことがある」

剣一郎は土手のほうに直助を誘ってから、

「『大国屋』とはどういう関係だ？」

と、きいた。

「はい。あっしは仕立て職人でして、『大国屋』さんの奉公人の仕立てをやらさせていただいておりやす」

直助の目に落ち着きがない。

「さっき、玄関で妻女に、知太郎と先日会ったということを話していたな。会ったのはいつだ」

「へえ、七日……。そうです、七日前です」

直助の声が震えている。

「五日前の三月二日ではないのか」

「いえ、違います」

「会ったのはどこだ？」

「へい」

直助は俯けていた顔を上げた。

「亀戸の天神さんの近くでした」

「七日前に、そこで知太郎と会ったのだな。そのとき、知太郎に連れはいたか」

「は、はい」

直助は言い淀んだ。

どうも、直助の様子がおかしい。

さては、と剣一郎はそのわけを察した。

「さっき、大国屋に会ったな」

「はい」

「そのとき、知太郎と会った話をしたな」

「知太郎さんが寝込んでいると聞いて、先日お会いしましたと言いました」

「大国屋は何と言った？」

「別に」

直助はまたも目を泳がせた。

「直助。わしの目を見よ。嘘《うそ》をついてもわかる」

「嘘じゃありません」

「そのとき、大国屋はこう言ったのではないか。知太郎と会ったことを誰にも話すなと。違うか」

「…………」

直助はあぶら汗をにじませている。

「直助。もう一つきく。知太郎には連れがいたな。女だ」

「は、はい」

「誰だ？」

「名前は知りません。はじめて会う女でした。あっしが知っているのはお道という常磐津の師匠の妹です」

「常磐津の師匠の家は？」

「鳥越神社の近くです。文字清《もじきよ》っていう師匠です」

「直助。そなたから聞いたとは言わぬ。だから、正直に言うのだ。知太郎と会ったのは本当はいつだ」

「旦那。勘弁してください。言えば、『大国屋』さんから出入りを差し止められちまいます」

「大国屋から口止めの金をもらっているな」

直助は目を剝《む》いた。

「もうよい。おまえの住まいはどこだ？」

「へえ。本所亀沢町《かめざわちょう》の弥次郎兵衛店《やじろべえだな》で」

「わかった。もう行っていい」

剣一郎は突き放すように冷たく言った。

「旦那」

直助は泣きそうな顔になった。

「どうした、行っていいぞ」

「あっしはどうなるんで」

「どうなることもない。心配いたすな」

「でも」

「会った場所が間違いないのかだけ、教えてもらおう。それでよい」

「はい。天神さまの近くで、間違いありません」

「直助、気にするな。そなたは大国屋との約束を十分に守った」

「へえ、ありがとうございます」

直助は何度も頭を下げて両国橋に向かった。

直助が知太郎に出会ったのは、お粂が出掛けた日だ。そして、いっしょにいた女がお粂だ。

剣一郎はようやく手掛かりを得た思いがした。

第三章　もうひとりの失踪者

一

三月八日の朝、小雪が舞っていた。昨夜から降り出したようだ。三月とはいえ、北国の春は遅い。

「あいにくの天気だ」

井戸端で顔を洗ったあと、剣之助は志乃に言った。

「きょうはお出かけにならないほうがよろしいかと思います」

志乃が心配して言う。

「そうだな」

剣之助はうらめしそうに空を見上げた。

「越前屋さんが、前からゆっくりお話がしたいと仰っておいででした。きょうがよろしいのではないでしょうか」

「そうだった。よし、そうしよう」

越前屋からそういう提案を受けていたことを思い出し、きょうがいい機会だと思った。

もっとも、越前屋の都合もあるが、もしだめなら、きょうは志乃とゆっくり部屋で過ごそうと思った。

部屋に戻ると、女中が朝食の支度に来ていた。

「いつも申し訳ありません」

志乃がすまなそうに言う。

「いいんでございますよ。気になさらないでください」

女中は膳を並べながら言う。

酒田の『万屋』の女中のおまつに似て、親切な娘だった。

「さあ、どうぞ」

女中が去ってから、ふたりで食事をとる。お米のおいしさは当然として、なすや赤かぶの漬《つ》け物がうまい。

酒田もそうだが、鶴岡も食べものがおいしい。海の幸、山の幸が豊富だ。もっとも、『越前屋』のような豪商の家で世話になっているのだから、食べ物もぜいたくなのかもしれない。

朝食後、女中が若い侍を案内して来た。

「剣之助さまにお客さまです」

その侍は玄関に入らず、庭先に立った。

縁側に出て、剣之助は庭先に番傘《ばんがさ》を差して立っている侍を見た。目尻が上がり、頬《ほお》はそげて鋭い顔立ちの男だ。

「青柳剣之助どのですか。浜岡源吾先生の使いの者です」

気負《きお》ったように言う。

「浜岡さまから」

先日の迎えは前髪立てのとれたばかりのような若侍だったが、きょうの使いは剣之助よりも幾つか年上だ。

「浜岡先生が、ぜひ青柳さまにお会いしたく、昼前に本住寺《ほんじゅうじ》までお越しくださいますようにとのことでございます」

少し捲《まく》し立てるような言い方だった。

「何かあったのでしょうか」

剣之助は、その若い侍の口調に冷静さが欠けていることが気になった。

「詳しいことは伺っていません。ただ、大事な話がある。ひと目をはばかるので、本住寺まで来ていただきたいということです」

若い侍は本住寺を強調した。

「わかりました。本住寺はどこに？」

「内川に沿うように南に向かい、七軒町《しちけんちょう》に入って、しばらく行くと、大きな杜が見えて来ますから、すぐにわかります」

「畏まりました」

「では、お待ちしております」

若い侍は逃げるように立ち去った。

「ずいぶん、強張《こわば》った顔つきでしたわ」

志乃が去っていく若い侍を見送りながら不思議そうに言う。

「越前屋どののことは、また後日ということに」

剣之助は志乃に言う。

「さようでございますね。でも、いったい、どのような御用なのでございましょうか」

「わからない。とにかく、行ってみる」

なぜ、浜岡源吾から呼び出しがかかるのかわからない。が、剣之助はよけいなことは考えまいとした。

食事の後片付けに来た女中に、念のために本住寺への道順を訊ねると、旦那さまに伺ってまいりますと、母屋に向かった。

女中が戻って来て、

「旦那さまがあとでご説明に上がるとのことでございます」

「それは……」

そこまでしてもらうつもりはなかったので、剣之助は恐縮した。

片づけ終えて、女中が去ったあと、入れ代わるように『越前屋』の主人の千右衛門がやって来た。

「わざわざ恐れ入ります」

剣之助は恐縮して迎えた。

「本住寺への道をお訊ねとのこと」

越前屋はにこやかに笑いながら言う。

「はい。致道館の浜岡源吾先生のお呼び出しにございまして」

剣之助は、越前屋と差し向かいになって答える。

「はて、なんの御用でありましょうか」

越前屋はふと思案顔になった。

「わかりませんが、ともかく行ってみます」

「この雪です。もし、行かれるなら案内をおつけいたしますが」

「とんでもありません。道を教えていただければ、ひとりでだいじょうぶです。使いのひとからはだいたいのことは伺ったのですが」

「さようですか」

越前屋が迷ったふうな顔をしたのは、やはり案内をつけたいと思ったのだろう。

「駕籠《かご》でも用意させましょうか」

「そこまで甘えることは出来ませぬ」

剣之助はその好意を辞した。

「そうですか。まず、七日町までお出でになれば、すぐにわかると思います。それにしても、なぜ、浜岡さまはそのような場所にお呼び出しされたのでしょうか」

再び、越前屋は腑《ふ》に落ちない顔をした。

「私にもわかりません。ですが、よほどのことかと思います」

「そうでございますね」

越前屋はすぐに気を取り直して、

「本住寺には加藤清正《かとうきよまさ》公の子忠広《ただひろ》さまのお墓がございます」

と、話した。

「加藤清正公とは豊臣《とよとみ》のご家来の？」

加藤清正は二百年以上も昔の武将であり、初代の熊本藩主である。

「はい。その清正公亡きあとを継いだのが忠広さまでしたが、寛永《かんえい》九年（一六三二）に改易となり、庄内藩お預けの身となりました」

加藤忠広は出羽丸岡《まるおか》に一万石の所領を賜《たまわ》り、僅《わず》かの家来と共に死ぬまでの三十一年間を過ごしたという。

「その忠広さまと母君のお墓が本住寺にございます」

「そうですか。熊本から遠い地にやって来たのですね」

剣之助は不遇《ふぐう》な身に同情を寄せた。

「しかし、忠広さまは、和歌をたしなんだり、家族と共に、それなりに優雅に過ごされたそうにございます」

なぜ、改易という憂《う》き目に遭《あ》ったのか。その理由に思いを巡《めぐ》らせると、やはり、父清正公がもともと豊臣恩顧《おんこ》の家臣だったことがあるのかもしれない。

関《せき》が原《はら》の合戦では、徳川方に味方をし、熊本藩主になった清正は、自分の死後、後を継いだ我が子にこのような仕打ちが待っていようとは想像もしなかったに違いない。

武家社会の、いや人間社会の非情さを覗《のぞ》いたようで、少し薄ら寒い気がした。だが、この地で穏やかに生きたということが救いだと、剣之助は思った。

「剣之助さま。今度はもう少し長くお話がしとうございます」

「はい。私も」

剣之助は身を乗り出すようにして言った。

「それでは、どうぞお気をつけて行ってらしてください」

越前屋が引き上げたあと、しばらく志乃と過ごしてから、剣之助は外出の支度をした。

「だいじょうぶでしょうか」

志乃がきく。

「心配することはない」

剣之助は笑って言った。

剣之助は高下駄《たかげた》を履き、番傘を差して、目抜き通りの通り丁を南に向かう。途中、内川のほうに曲がり、今度は内川に沿って南下し、七日町を抜けて七軒町にやって来た。

強風に煽《あお》られ、小雪が舞っている。七軒町ですれ違った商家の小僧に道を訊ね、一面の雪で覆われた田地の中の一本道を、ときたま、雪に足をとられそうになりながら行く。

雪は下から上に降り、樹の上に溜まった雪が風に吹かれて音を立てて落ちてきた。何度か、傘をすぼめ、雪を落とす。高下駄の足も足袋《たび》が水を含んできて冷たい。傘を持つ手もかじかんできた。

剣之助は傘を左手に持ち替え、右手を懐《ふところ》にしまった。いざというときでも、右手が自由に使えるようにとの用心だった。

白い吹雪《ふぶき》の向こうにこんもりとした杜が霞《かす》んで見えた。

剣之助はようやく本住寺の山門に辿り着いた。

そこにひと影はない。早く来すぎたのか。剣之助は境内に入った。雪で覆われた境内にひとのとおった形跡はない。

本堂をまわり、墓地に向かう。

加藤清正の子忠広の墓はわかった。その墓前に立ち、剣之助は遠い戦国の世にしばし思いを馳せた。

剣之助は、子どもの頃から古今東西《ここんとうざい》の英雄豪傑《ごうけつ》の話を聞いている。その中に、加藤清正もいた。

豊臣秀吉に目をかけられた、賤ヶ岳七本槍《しずたけのしちほんやり》のひとり。朝鮮《ちょうせん》での虎退治の話に胸を躍《おど》らせた思い出がある。

その清正の子が遠きこの地で生涯を終えた。

まだ若いながらに、剣之助は人生の無常を感じた。

剣之助は山門に戻った。

そこにさっき使いでやって来た若い侍がいた。目尻のつり上がった顔を、こっちに向けていた。

剣之助が墓地に入ったのを見ていたのかもしれない。どこかから剣之助を見つめていたのだろう。

剣之助が近づくのを待って、

「どうぞ、こちらです」

と相変わらず硬《かた》い口調で言い、若い侍は有無を言わさぬように先に立った。

剣之助はあとに従った。

寺の向かいの雑木林に入って行く。とたんに、雪はまばらになった。頭上で大樹の枝が雪を防いでいる。

異状を感じた。剣之助は傘を閉じ、右手に持ち、かじかんでいる左手を腋の下に挟み、指を動かした。

ふいに案内の若い侍が早足になったかと思うと、あっという間に樹の陰に消えた。と、同時に前方で黒い影が揺れた。剣之助は足を止めた。

数人の侍が現れた。皆、股立《ももだち》をとり、たすき掛けだ。黒い布で顔を覆っている。

「何者だ」

剣之助は大声を発した。

相手は五人。素早く剣を抜き、無言で剣之助を取り囲んだ。

殺気が漂っている。剣之助は左手が暖まるのを待った。が、その前に、固太《かたぶと》りの侍が上段に構えをとり、斬《き》りかかってきた。

素早く傘を広げ、剣之助はその侍の顔に開いた傘を押しつけた。うっと呻《うめ》いて、その侍は剣をかざしたまま後退《あとずさ》った。

横から、別の侍が斬り込んで来た。剣之助はさっと傘で払う。傘が真っ二つに裂《さ》かれたとき、剣之助はすでに相手の剣尖《けんせん》が届かない場所に移動していた。

「ひと違いでござらんか。私はあなたたちに狙われる覚えはない」

剣之助は大声で言う。

しかし、相手はじりじり迫って来る。

剣之助は鯉口《こいぐち》を切った。背後で空気が微かに揺れた。剣之助は右足を後ろに半歩引いて開き、振り返りざまに抜刀した。

上段から打ち込んで来た剣を払い、峰《みね》を返して相手の胴を打った。うぐっと奇妙なうめき声を発して相手はうずくまる。

それを見て、かっとなったのか、長身の男が強引に斬り込んで来た。剣之助は鎬《しのぎ》で受け止め、鍔《つば》迫《ぜ》り合《あ》いにもっていった。

剣之助は左肘《ひじ》をぐっと上げる。相手の右肘に下から自分の左肘を強引に突き上げた。相手の力が緩んだところを、刀の柄で相手の柄を握っている指を激しく叩く。

旅先で出会った雲水《うんすい》に教えてもらった技だ。敵を殺さぬ剣技である。指が潰《つぶ》れたのか、鈍い衝撃。相手は苦痛の呻きを上げた。

「これ以上、無益なことはやめましょう」

剣之助は青眼に構え、残った三人に諭《さと》すように言う。

「くそっ」

固太りの男がやみくもに斬り込んできたのを、剣之助は軽く体をかわし、その刹那《せつな》、相手の小手に峰で打ちつけた。

剣を落とし、固太りの侍は前につんのめって倒れた。

残りのふたりはなおも殺気だっている。戦意は喪失《そうしつ》していないようだった。

「まだ、やるというなら、こっちから行きますよ」

剣之助は八相《はっそう》に構えた。

ふたりは後退った。倒れた三人はようやく起き上がったが、もう剣を握る気力はないようだ。

剣之助はふたりのうち、まだ意気が盛んな中肉中背の侍に剣尖を向けた。

「あなた方は何者ですか。私を青柳剣之助と知ってのことだと思いますが、何のために、私を狙ったのか」

もうひとりが動こうとするのを、剣之助は、

「動くと、あなたのほうから行きますよ」

と、脅した。

その侍は動きを止めた。

「さあ、お答えください。私をわざわざここまで誘《おび》き出して」

剣之助に思い当たるのが、亀ヶ崎城城代の村山惣右衛門である。酒田を出るときに、細野鶴之助が懸念していたように、村山一派が復讐のために現れたのか。

「逃げろ」

誰かが叫んだ。

「待ちなさい」

剣之助は逃げ後れたひとりの肩を押さえつけた。最初に腹を峰で打ちつけた侍だ。

「あなたの名は？」

剣之助はきく。

顔を覗き込もうとすると、顔を背けた。

「青柳どの」

呼ぶ声が聞こえた。顔を向けると、誰かが駆けて来る。

鶴岡奉行所の同心大谷助三郎だ。どうして、大谷さまがここに……。

剣之助がそちらに気をとられた隙《すき》に、取り押さえていた侍が、いきなり脇差を抜いて、自分の腹に突きたてようとした。

「やめなさい」

その脇差を持つ手を、剣之助は摑んだ。

「放せ。もはや生きておれぬ」

男は切羽《せっぱ》詰まった声を出した。

「死んではなりませぬ。そんなことをしても無意味。仕方ありません。行きなさい」

剣之助は相手を放した。

一瞬、怪訝《けげん》そうな顔をしたが、その侍は脇差を素早く摑んで立ち上がり、走り出した。そこに、大谷助三郎が駆けつけて来た。ふたりの目明かしがついて来た。

「青柳どの。大事ないか」

叫びながら、駆け寄った。懸命に駆けて来たのだろう、三人とも息が荒い。

「どうして、ここに?」

「越前屋が使いを寄越したのだ。青柳どのが浜岡源吾さまの呼び出しで本住寺まで行ったが、あやしいところがあるので調べて欲しいというものだった。それで、浜岡さまのところにお訊ねに上がった。すると、そんな使いは出していないとのことだった」

息を弾ませたまま、大谷助三郎がいっきに言った。

「そうでございましたか。それで、わざわざ。恐縮にございます」

そう言って目明かしの顔を見て、剣之助はあっと声を上げた。

「あなたたちは？」

「へえ、多助に京太でございます」

三十半ばのひげ剃りあとの青々とした男が言う。

「知り合いなのか」

大谷助三郎は不思議そうにきいた。

「へえ。一度、そば屋で会いました」

京太が口をはさむ。

「はい。声をかけていただきました」

剣之助はふたりの顔を見て言った。

「青柳どの。賊《ぞく》の顔を見ましたか」

「いいえ。面を覆っていたので見えません。ただ、皆、二十代半ばから三十前後のひとたちのように思えました。ただ……」

剣之助は呼び出しに来た若い侍のことを思い出した。目尻がつり上がっているという特徴がある。

「いいえ、なんでもありませぬ」

大谷助三郎は怪訝そうな顔をしたが、何も言わなかった。

剣之助はあえて言わずにいた。その者が苦境に追いやられることを懸念したのだ。そこまで、思いやる必要はないかもしれないが、さっき腹を切ろうとした侍のことが過《よぎ》った。

あの若い侍は顔を晒《さら》したことで、仲間からどういう扱いを受けるのか、そのことが心配になった。

「旦那。ここじゃお寒うございましょう。とりあえず、あっしのところでお休みになられましな」

多助が大谷助三郎に言う。

「うむ。だが、俺は急いで引き上げんとならん。青柳さまをご案内申し上げろ」

「へい。畏まりました」

大谷助三郎は剣之助に言う。

「青柳どの。多助の家で少し休んでからお帰りください」

「どうぞ、あっしの家に。汚いところですが」

多助も誘う。

「それでは、お言葉に甘えて」

破れた傘を持って、剣之助は大谷たちのあとについた。

ふと、目尻のつり上がった若い侍がどこかからじっと見つめているような気がした。

二

途中、奉行所に帰る大谷助三郎と別れ、剣之助は多助のあとについて檜物町《ひものまち》へ行った。

この辺りは檜皮葺《ひわだぶ》きの屋根を葺《ふ》くための木羽《こば》を作る職人や檜《ひのき》などで器を作る曲げ物職人などが多く住んでいる。

多助の家に着いた。間口が広い。

土間は仕事場になっていて、三人の職人があぐらをかいて、薄い檜の生地を丸い木に巻き付けたり、楕円形《だえんけい》のわっかに底をつけたりしていた。

多助はもともと曲げ物作りの職人だった。もっぱら、仕事は弟や弟子に任せ、自分は捕り物の手伝いをしているという。

「さあ、どうぞ。お使いください」

多助の妻女が出て来て、濯《すす》ぎの水を持って来てくれた。目のくるりとした女性だった。

「すみません」

濯ぎの水に足を突っ込んだ。冷たいと思ったが、実際は生ぬるかった。

妻女の気遣いに感謝をしながら、足を濯ぎ、部屋に上がった。

「さあ、寒いでしょう。どうぞ」

長火鉢に当たるように、多助が言う。

「さあ、どうぞ」

と、今度は妻女は湯気《ゆげ》の出ている茶を出してくれた。

「すみません」

剣之助は湯呑みを摑んだ。

「おかみさん。あっしにも」

京太が催促《さいそく》する。

「京太さんは自分でいれなさいな」

「へい。わかりやした」

京太は素直に言うことを聞く。

「青柳さん。逃げて行った連中は何者なんでしょうね。道々、大谷の旦那から聞きましたが、ご城代一派の逆恨《さかうら》みでしょうか」

「わかりません。他に、恨みを買う覚えはないので、その可能性が高いと思うのですが、はっきりしたことはわかりません」

剣之助は慎重に答えた。

「いずれにしろ、浜岡源吾さまの名を騙《かた》って誘き出したのですから、致道館にいる者かもしれません」

多助が腕組みをした。

「そういえば、きのう、浜岡さまと別れ、致道館を出たところから、帰り道がいっしょになった侍がおりました。今から思うと、私の居場所を突き止めようとしていたのかもしれません」

「どんな侍でしたか」

「いえ、顔まではわかりません」

「あっしも調べてみます」

「すみません」

「剣之助さん」

京太が馴《な》れ馴れしく呼んだ。

「おい、京太。お侍さんに対して失礼だ」

多助がたしなめる。

「そんなことありませんよ。どうぞ、剣之助で結構です。なんですか、京太さん」

「へえ、さっき相手は何人でしたかえ。逃げて行く連中を三、四人は目にしましたが」

「五人です」

「五人も？」

京太は大仰《おおぎょう》に驚いてから、

「その五人をたったひとりで追い払ったってわけですかえ」

「いえ、身を守っただけですよ」

「それでも、五人を相手にたったひとりで戦ったなんて、たいしたものですねえ。ねえ、親分」

「親分じゃねえ」

「あっ、すいません。兄い」

あわてて、京太が言い、舌を出した。

「うちの親分、いや兄いは、親分と呼ばれるのをいやがるんですよ。だから、いつも兄いって呼ぶんです。もう、立派な親分なのに」

「ばかやろう。なに言いやがる」

多助は苦笑する。

「なぜ、親分と呼ばれるのはいやなんですか」

剣之助は好奇心にかられた。

「いや。たいしたことじゃねえんですよ。ただ、まだまだ親分と呼ばれるような器《うつわ》じゃないってことです」

「そんなことはねえ」

京太はすぐに否定し、

「目明かしの中じゃ、兄いが一番だ。あっしは自信持って言いますぜ」

と、胸を張った。

「剣之助さんは江戸の方ですってね」

多助がきく。

「そうです。ちょっとわけがあって、妻とふたりで酒田にやって来ました」

「妻だって？　剣之助さんがそば屋で一緒だったのはおかみさんだったんですか」

京太は唖然としたように言う。

「はい」

剣之助は素直に答える。

「京太も早く女房をもらうことだ」

「そうですよ。早くお嫁さんをもらわなきゃ」

多助に続いて、妻女までが京太を責める。

「したって、相手がいねえから」

京太は小さくなる。

「あのおそば屋にいた娘さん。なかなか、いいひとじゃないですか。京太さんに似合いのひとだと思いましたよ」

剣之助は微笑《ほほえ》みながら言う。

「えっ、どうしてお光ちゃんのことを」

「おや、こいつ。赤くなっているな」

多助がからかう。

「そんなんじゃねえや」

京太は顔を俯けた。

「ねえ、京太さん。ほんとうのとこ、どうなの？」

妻女が気持ちを確かめる。

「いくら俺がいいっていったって、お光ちゃんが俺のことなんて……」

京太は照れ隠しか、いじけたように言う。

「お光さん、京太さんのことを褒《ほ》めていました。きっと、京太さんのことが好きなのではありませんか」

「剣之助さん。そうかな」

京太が目を輝かせた。

「ええ。間違いありませんよ。今度、声をかけてみたらいかがですか」

「京太。そうしろ。声をかけなかったら承知しねえ」

多助が脅す。

「へえ」

京太はだんだんその気になって来たようだ。

いきなり、京太が立ち上がった。

「どうした？」

多助が驚いてきく。

「これから行って来る」

「おいおい、まだ、雪が降っている。それに、急過ぎる」

「へえ」

京太は力なく腰を下ろした。

「明日にしろ」

「へい」

いいひとたちだ。このふたりは信用出来る。そう、剣之助は思った。だったら、用向きを話してみようか。

迷ったが、剣之助はふたりを信用し、話すことにした。

「多助さん。京太さん。じつは、私はあることを調べるために鶴岡にやって来たのです」

「えっ、そうなんですかえ」

京太が目を見張る。

多助が鋭い目をくれた。

「剣之助さん。どうぞ、話してみちゃくれませんか」

多助も、剣之助と呼んだ。

「はい」

剣之助は自分が江戸町奉行所与力青柳剣一郎の伜だと打ち明け、酒田の万屋庄五郎に世話になるまでのことを話した。

ふたりは熱心に聞いていた。

「じつは、江戸の父から文が届きました。江戸にて酒井家のご家臣の大出俊太郎どのが吉原の花魁と情死をしたということでございます」

あっと、多助の口から声が漏《も》れた。

「剣之助さん。その大出さまとは私たちも親しくさせていただいておりました」

「そうなのですか」

「はい。江戸で情死をし、その亡骸が塩漬けにされて鶴岡に運ばれたが、腐《くさ》り始めたので、途中で火葬し、遺骨が大出さまの遺族のもとに届いたそうです」

「途中で火葬に？」

「はい。途中、雪が積もり、このままでは運ぶのは困難だとして、白河《しらかわ》のお寺で茶毘《だび》に付されたそうです。二日ほど前に、遺骨が届き、大出さまのところではお弔《とむら》いを出しました」

多助はそう言ってから、

「剣之助さん。大出さまのことで何かご不審な点でもあるのでございますか。私どもも大出さまの情死はいささか信じられないという気持ちなのですが、江戸からの知らせでは、奉行所の検視も済んだとのこと」

「はい。その検視のお役目を私の父が行なったようにございますが、確かに情死には間違いなかったようにございます。ただ」

「ただ」

多助が身を乗り出した。

「大出俊太郎どのは江戸の昌平坂学問所の教官のもとに熱心に通い、朱子学を学ばれていたそうにございます。そのような学問に精を出す姿と吉原の遊女との情死が結びつかないと疑問を投げかけていました。さらに、家中の者が情死した死骸《しがい》を、すぐに発見して、中屋敷に運び入れた手際のよさについても……」

「そのとおりです。私も、前から大出さまを知ってますが、あのお方は遊女にうつつを抜かすようなお方じゃありません。御給人でありながら、致道館に入学を許され、最上級生の舎生になったほどのお方です。学問によって、御家中への昇進を望んでいたんです」

「御給人から御家中へ昇進は可能なのですか」

「何人かはいたようです。でも、御家中になったとしても、その中でも一番下の位《くらい》でしかなく、それ以上は望めなかったようです。その壁を、大出さまは学問で乗り越えようとなさっていたようです」

多助は表情を曇《くも》らせ、

「そういうお方でしたが、挫折《ざせつ》して女に走ったのかと思っておりました。江戸でも学問に励んでおられたとなると、情死というのは頷けませんねえ」

「それから、大出どのは、江戸深川の海産物問屋『出羽屋』からお金を借りて、吉原に繰り出していたということになっています。この『出羽屋』の主人は鶴岡出身だとか」

「大出さまが商人から金を借りたなんて考えられませんぜ。それより、鶴岡出身の商人が大出さまのような下級のお侍にお金を貸すとは解せません」

なるほどと、剣之助は思った。

身分の低い者が吉原に行くための金を借りられたとは考えられない。

「大出どのは、浜岡源吾さまとは当然、面識があるわけですね」

「ええ。浜岡さまは大出さまを買っておられたと聞いています」

「多助さん」

剣之助は口調を改めた。

「大出どのの周辺から何か聞き込んでいただけませんか。もし、仕組まれた情死だとしたら、その背景に何があったのか」

「剣之助さん。やりますぜ」

京太が口をはさんだ。

「あっしも大出さまにはよくしてもらったんだ」

「ありがとう、京太さん」

剣之助は京太から多助に視線を戻し、

「私は、浜岡さまにお会いして、大出どののことを話してみます」

「ええ、それがよろしいかと思います。浜岡さまなら、私らが知らない事情を知っているかもしれません」

「それから、ちょっと気になることがあるのですが」

「なんですね、気になることって」

多助は緊張した顔を向けた。

「私は酒田からこちらに来て、致道館の住谷荘八郎先生をお訪ねしたのです。ところが、先生はお忙しくて時間がとれず、代わって浜岡さまがお相手をしてくださったのです。で、その理由について、浜岡さまがこんなことを仰っていました」

多助と京太が食い入るような目で剣之助の顔を見た。

「先日、江戸から、沢野信次郎どのがいなくなった、国元に帰っていないかという問い合わせの文が届いたそうです」

「いなくなったというのは？」

多助が顔をしかめた。

「江戸のお屋敷から失踪したというのです。そのことで、住谷先生は動き回っているということでした」

「そんな話はこっちの耳には入っておりません。沢野さまというのは御家中のお方なので、秘しているんでしょうね」

多助は顎に手をやった。

「同じ時期に、沢野信次郎どのの失踪と大出俊太郎どのの情死のふたつの事件が起きています。私は、単なる偶然とは思えないのです。この沢野どのの失踪の件についても、頭に入れておいていただけますか」

「わかりました。剣之助さんが仰るように、偶然とは思えねえ」

多助は目をぎらつかせた。

屋根から雪が落ちる音がした。

「雪が止《や》んだようですね」

妻女が連子窓《れんじまど》から外を見て言った。

「思いがけずに長居をしてしまいました。そろそろ帰りませんと」

剣之助は腰を浮かせた。

三

その日の午後、剣一郎は鳥越神社に向かった。

常磐津の師匠、文字清の家を訪ねるためだ。鳥越神社が目印である。

文字清の小粋《こいき》な家はすぐわかった。常磐津指南の看板がかかっている。

剣一郎は格子戸を開けた。三味線の音が聞こえて来る。土間には、草履《ぞうり》が何足か置いてあった。弟子が来ているのだ。

声をかける前に、若い女が出て来た。目鼻だちの整った顔だ。

「ひょっとして、青柳さまでは？」

やはり、青痣与力の噂を知っていたものと思える。弟子同士がそんな話をしていたことがあるのかもしれない。

「いかにも。そなたはお道か」

「はい。道です」

「『大国屋』の知太郎のことをききたい。ここではまずかったら、外に出るか。そんなに時間はとらせない」

「はい。すぐに」

お道はちょっと奥を気にしたが、そのまま下駄を履いて外に出た。

鳥越神社の前は露店《ろてん》が出て賑やかだが、裏手は欅《けやき》や楢《なら》、銀杏《いちょう》の樹が立ち並び、ひっそりとしていた。

「知太郎とは親しいのか」

欅の傍らで立ち止まり、剣一郎はきいた。

「親しいというほどではありませんが……」

お道は眉をひそめ、困惑したように言う。

「田原町にある『よしの家』のお栄という娘を知っているか」

「以前に、知太郎さんが付き合っていた女のひとですね」

「誰から聞いた？」

「一度、おふたりが歩いているのを見かけたことがございます。そう、あれは去年の御酉《おとり》さまのときでした。次の日、知太郎さんがやって来て、あれは以前に付き合っていた女だ、偶然、会っただけだと言い訳していましたが、偶然に出会って御酉さまに行くなんて不自然だと思いました」

「知太郎はそなたにも言い寄っていたそうだな」

「ええ。でも、私は……」

その気はなかったと、お道は言う。

「じつは、お栄が六日前から姿を晦《くら》ましている。知太郎が関係しているようだ。何か心当たりはないか」

「いえ」

「知太郎とお栄は亀戸天神の近くで目撃されている。その後に、お栄だけがいなくなった。亀戸天神の近くに何があるのか、知太郎から聞いたことはないか」

「いえ、ありません」

お道は申し訳なさそうに答えた。嘘をついているようには思えなかった。

「最近、知太郎から何か言ってきたか」

「いえ。まったく音沙汰《おとさた》無しです。薄気味悪いくらい。それまでは、毎日のように、私に呼び出しの文を寄越していたのですけど」

「知太郎は常磐津は習っていないのか」

「習っていますけど」

「そうか。すまなかった」

剣一郎はお道に言った。

「あの」

お道が遠慮がちにきく。

「なにかな」

「お栄さんは、もう六日も帰っていないのですか」

「そうだ。よんどころない事情で、お栄は自ら姿を晦まさなければならなかったのかもしれない」

「知太郎さんは、お家にいるのですか」

「うむ。いる。心労が重なったということで寝込んでいるがな。それがどうした？」

「お栄さんは知太郎さんに夢中でした。そんなお栄さんが、家を出て知太郎さんといっしょにいるというならわかりますが、知太郎さんといっしょでなく、ひとりでいなくなるなんて考えられません」

お道は言い切った。

「そなたは、お栄が自ら失踪したというわけではないと言うのか」

「よくわかりませんが、あのときのお栄さんの姿を見ていたら、知太郎さんとは別れられないと思います」

剣一郎は内心で唸《うな》った。

なるほど、お栄が知太郎に惚れていたとしたら、お道の言うように妙だ。だが、お栄には他に好きな男がいたのだとしたら……。

「いろいろ参考になった」

剣一郎は礼を言う。

「いえ、とんでもありません。では、私はこれで」

お道は引き上げて行った。

お道の言葉は示唆《しさ》に富んでいた。

お栄は知太郎に惚れていた。だから、ひとりで失踪することは考えられない。お道の考えは傾聴《けいちょう》に値《あたい》する。

しかし、お栄に、知太郎以上の男がいたということはないのか。知太郎が心労から床に就いたことは何を意味するのか。

夕方、剣一郎は亀戸天神にやって来た。

この界隈《かいわい》の聞き込みをしていた植村京之進が、剣一郎を見つけて近づいて来た。

「青柳さま。やはり、三月二日の夕刻、知太郎とお栄らしい女が何人かに目撃されておりました。ふたりは、亀戸町のほうに向かったそうです」

京之進は報告し、

「その後、ふたりがどこへ行ったのか、摑めません。ただ、その先に行った形跡はありませんので、亀戸町のいずこかに向かったものと思われます」

「しかし、お栄はここからまたどこかに移動した可能性があるな」

剣一郎はここが酒井家の中屋敷に近いことを思い出した。あの情死事件があったのは二月二十日。お栄の失踪は三月二日。十日の違いがあり、関連性があると思ったのではない。ただ、情死事件の不可解さを改めて思い出しただけだ。

それに、花鶴の脱廓に手を貸した男の探索もそのままになっていることも気になっていた。

「青柳さま。いかがいたしましょうか」

「鍵を握るのは知太郎だ。ふたりを見たという者が何人かいるのなら、そのことを突きつけ、知太郎を問い詰めてみよう」

直助以外に目撃者がいれば、直助に火の粉はかかるまい。

さらなる探索を命じ、剣一郎は亀戸町を離れた。

天神橋を渡り、四ッ目《よめ》通りに出て、錦糸堀を越える。しばらくして、酒井家の中屋敷に差しかかった。

門は剣一郎を拒絶するように閉ざされている。

剣之助からの返事はまだない。無理もない。ただ、大出俊太郎が情死したことに不審があると記しただけだ。それだけで、何かがわかるはずもない。第一、純粋な情死の可能性のほうが高いのだ。

そう思いながら、剣一郎は中屋敷をあとにした。

両国橋を渡ると、西の空が紅《あか》く染まっていた。その紅い空に向かって行くように、橋を渡り、両国広小路を突っ切り、浅草御門に向かった。

剣一郎は天王町にある札差『大国屋』の前にやって来た。辺りは暗くなっていた。

玄関に入り、案内を乞うた。すぐに奥から、おくにが出て来た。

「これは青柳さま」

微かな戸惑いがおくにの表情に表れている。

「知太郎に会わせてもらおう。きょうはどうしても会わなければならぬ」

「それが……」

「どうした？　では、文右衛門を呼んでもらおうか」

「は、はい」

おくには奥に引っ込んだ。

だいぶ待たされて、文右衛門がやって来た。

「申し訳ございません。店のほうで手が離せなかったもので」

奉行所や長谷川四郎兵衛に付け届けを十分にしているという自信を漲《みなぎ》らせて、悪びれることなく言う。

「知太郎から事情をきくことが出てきた。知太郎に会わせてもらいたい」

いちおう、剣一郎は下手《したて》に出た。

「知太郎はまだ病が癒《い》えませせぬゆえ」

「大国屋。何か勘違いしてはいないか。私は南町奉行所与力の青柳剣一郎だ。もし、拒《こば》むというのであれば、そのほうも何らかの罪は免《まぬか》れぬぞ」

「青柳さま。いったい、知太郎が何をしたと仰るのですか」

「大国屋。そなた、まだしらを切る気か。知太郎を問い詰め、事情を聞き出しているのではないのか」

「いえ、そのような真似はしておりませぬ」

穏やかな表情だが、文右衛門が激しい敵意をその裏に隠しているのがひん曲げた口許から窺《うかが》える。

「お栄が姿を消した日の夕方、知太郎とお栄が亀戸天神の近くで何人かに目撃されていたのだ。その後に『よしの家』に身代金要求の文が届いた。このままでは、知太郎をかどわかし犯の一味として……」

「お待ちください」

文右衛門があわてた。

「知太郎は、お栄など知らないと申しております」

「その言葉を信じたのか。それとも、怪しいと思いながら、我らから知太郎を庇《かば》おうと言うのか。ならば、やむを得まい。知太郎をかどわかし犯の一味として、『大国屋』を捕り方で囲むことにする」

「なんですって」

文右衛門は顔色を変えた。

「そなたにも知太郎とともに大番屋に来てもらうことになる。よいな」

剣一郎は踵《きびす》を返し、玄関を出ようとした。

「お待ちください」

文右衛門が呼び止めた。

剣一郎は足を止め、振り返る。

「知太郎は、今この家におりませぬ」

文右衛門が平然と言う。

「なに、いない？」

「はい。巣鴨《すがも》の知り合いのところに養生に出掛けました」

「逃がしたのか」

「とんでもありません。あくまでも病を治すため」

「知太郎は仮病ではないのか」

「違います。食欲はなく、瘦《や》せ細っております。お医者さまも、どこか静かなところで養生させたほうがよいと勧めましたので」

剣一郎は衝撃を受けた。はじめは、剣一郎の取調べを避けるために仮病を使っているのかと思ったのだ。

だが、病はほんとうだという。たかが、お栄の失踪の手助けをしただけで、そのように病気になるほど苦しむとは思えない。

ひょっとして、お栄は……。

「そなたは知太郎の病を何と心得ておるのだ。病の原因をなんだと思っているのだ？」

剣一郎は語気を強めて言う。

「どういうことでございますか」

文右衛門は事態の深刻さに気づいていない。

「知太郎の病は良心の呵責《かしゃく》からだ。お栄の身に何があったか知っているのだ。そのことで、知太郎は気に病んでいるのだ」

「…………」

「そなたの目の届かない場所に移して、何かあったらどうするつもりだ」

「何かとは？」

はじめて文右衛門は目に脅《おび》えの色を浮かべた。

「もし、良心の呵責で苦しんでいるとしたら、知太郎は自ら命を断とうとするかもしれぬ。ただちに知太郎を連れ帰るのだ」

「まさか」

文右衛門の顔が蒼白《そうはく》になった。

傍《かたわ》らにいたおくにも唖然としている。

「なにをしておる。早く手を打つのだ」

剣一郎は文右衛門を叱咤《しった》した。

文右衛門は足をもつれさせながら奥に向かった。おくにもついて行く。

ここは文右衛門に任せるしかなかった。もし、剣一郎が追いかけたら、かえって知太郎を刺激し、早まった考えを起こさせてしまうかもしれない。

文右衛門が戻って来た。

「今、駕籠を呼びました。私が巣鴨まで行って来ます」

「うむ。今宵《こよい》はいっしょに先方に泊まり、明日早くこっちに帰って来るのだ。よいな。知太郎を決してひとりにするな」

「わかりました」

駕籠が来たという知らせに、文右衛門は出掛けた。

さっきまで、お栄が自らの意志で失踪した可能性も考えていた。だが、今は、お栄の身が重大な事態になっているのではないかという不安が生じた。やはり、ほんとうに、かどわかしだったのか。

剣一郎は『大国屋』から蔵前通りを田原町に向かった。

すっかり暗くなっている。駒形の大川沿いに連なっている料理屋の軒行灯《のきあんどん》の明かりが客を誘い込むように輝いている。

剣一郎は田原町にある『金扇堂』にやって来た。

玄関を入り、出て来た女中に光吉を呼んでもらった。

待つ間もなく光吉がやって来た。

「青柳さま。お栄さんはまだ見つからないようですね。『よしの家』に行ったら、お孝さんが心配していました」

光吉のほうから先にきいた。

「そのことだが、じつはお栄がいなくなった日、知太郎とお栄が亀戸天神の近くにいたことがわかった。どうやら、亀戸町のどこかに行ったものと思える。どこぞに行ったか、思い当たることはないか」

「亀戸町ですか。亀戸……」

光吉の顔色が変わった。

「何か心当たりはあったか」

「あっ、いいえ。違いました」

光吉はあわてて首を横に振った。

だが、光吉の目にはまだ狼狽《ろうばい》の色が残っている。何かに気づいたのだ。そのことは隠しようもない。

だが、問い詰めても素直に喋らないだろう。時間を置くしかないと思った。

「お栄が失踪してから六日経つ。お栄の身が心配なのだ。何か気づいたことがあったら、すぐに知らせるのだ。よいな」

「はい」

光吉は大きな声を出したが、表情は硬かった。

何か知っている。そう思いながら、剣一郎は引き上げた。

四

翌朝、雪は止んでいた。

剣之助が朝食をとり終わると、女中に案内されて同心の大谷助三郎がやって来た。

「大谷さまではございませぬか。わざわざお越しいただいて申し訳ありませぬ」

剣之助はすぐに大谷を部屋に上げようとした。

「いや。構わぬ。すぐおいとまする」

大谷助三郎は遠慮する。

「でも、お寒い中をいらっしゃったのですから、お体がお冷えになっているのではありませぬか。いま、熱いお茶をいれます。どうぞ、お上がりくださいませ」

志乃が言う。

「そうですか」

大谷は志乃をまぶしそうに見た。

「さあ、どうぞ」

剣之助が言うと、

「それでは、少しだけ」

と、大谷は部屋に上がった。

「ゆうべ、あのあと、浜岡さまにお会いして、お話を聞いて来た。浜岡さまも事態を深刻にとらえていた」

「何か、浜岡さまに心当たりでも」

「いや。ただ、村山ご城代一派の逆恨みだとしても、浜岡さまの名を出して、剣之助どのを誘《おび》き出している。つまり、あの連中の中に、致道館にいるものが加わっているのかもしれないと気になさっていた」

「しかし、皆、二十代半ばすぎのようでした」

「使いに来た者は顔を晒していたわけですね」

「はい」

「あの連中は腕に覚えのある者たちだったのでしょう。剣之助どのを倒せると甘く見ていたのです。浜岡さまは、武道の教官に仲間がいたかもしれないと考えているようです」

確かに、『越前屋』に厄介《やっかい》になっていることを話したのは致道館の中では、浜岡源吾に対してだけだ。木戸の警備をしていた侍も聞いていた可能性があるが、他には誰もいない。

致道館から誰かがつけてきたと考えるべきだろう。

「どうぞ」

志乃が茶を大谷の前に出した。

「かたじけない」

大谷は恐縮したように言う。

「剣之助どの」

一口すすったあと、大谷が口調を改めてきいた。

「あなたを迎えに来た侍がどんな顔立ちだったか、覚えておいでか」

「はい」

そのことは話しておくべきかと思ったが、剣之助は言えなかった。

「大谷さま。その者の顔ははっきり覚えております。なれど、それをお話しして、その者が周囲から疑惑の念で見られたり、また、仲間からどんな仕打ちを受けるか、そのことを考えたら、迂闊《うかつ》に言えないのです。どうぞ、しばらく、この件はご猶予《ゆうよ》ください」

「うむ。いたしかたない」

大谷は湯呑みを口許に運んだ。

多助と京太には、自らの身分と鶴岡にやって来た目的を話したが、大谷助三郎にはまだだった。剣之助は話す機会を得て、

「大谷さま。じつはこの鶴岡にやって来たのはある目的があってのことです」

と、切り出した。

「目的ですって」

大谷は真顔になった。

「私の父は江戸の町奉行所与力青柳剣一郎と申します。その父から、酒井家家臣の大出俊太郎どのの情死事件について不可解な点があり、調べて欲しいとの文を受け取りました」

「情死のことはきいています。その情死に何か疑問があるというのですか」

「はい」

剣之助は、あらましを説明した。

「なるほど。私は、大出俊太郎どのとはそう親しい間柄ではなかったが、御給人ながら致道館に入学した逸材《いつざい》だと聞いていた。確かに、そのようなお方が遊女にうつつを抜かしたとは疑わしいことだ」

大谷は腕組みをした。

「わかった。私も調べてみよう。多助たちもこのことは？」

「はい、きのう、多助さんの家でお話ししました」

「浜岡さまには？」

「いえ」

「浜岡さまなら、大出俊太郎どののことも知っていると思う。ぜひ、お話しされたらよかろう。何か、聞けるかもしれない」

「はい。そうするつもりです」

大谷は茶を飲み干してから、

「外出の際はくれぐれも、気をつけられよ。何かあったら、すぐに連絡を」

「ありがとうございます」

「ご妻女どの。ご馳走《ちそう》さまでした」

大谷助三郎は引き上げて行った。

「やはり、何かあったのですね」

志乃が睨《にら》むような目できいた。

「すまない。たいしたことではなかったので、黙っていた」

きのう、襲われた件だ。

「いやです。どんな些細《ささい》なことでもお話しくださらないと」

珍しく、志乃がすねたような物言いをした。

「わかった。これから気をつける」

「ええ。お願いします」

志乃に笑顔が戻った。

いっしょについて行くという志乃をなだめ、剣之助は『越前屋』を出た。

致道館へ向かう三の丸木戸の警護の侍に、浜岡源吾への取り次ぎを頼んだ。先日の侍だったので、そのまま通してくれた。致道館まで少し離れており、取り次ぐのが面倒だったのかもしれない。

剣之助は三の丸に入った。

橋を渡り、表御門から入る。そこの門番も、剣之助の顔を覚えていた。

「浜岡さまは書庫にいなさるはず」

門番はあっさり中に入れてくれた。

正面に、講堂がある。朝五つ（午前八時）をまわっており、すでに本舎のほうでは授業がはじまっている。

浜岡源吾は司書であり、授業とは直接関わりがないと思い、そのまま書庫のほうにまわった。すると、講堂の脇にある玄関から出て来た、白髪《しらが》の目立つ武士に咎《とが》められた。

「待ちなさい」

鼻筋が通り、威厳に満ちた顔だ。

「致道館の者ではないな」

「はい。申し訳ありません。浜岡源吾さまをお訪ねしようと書庫までお伺いするところでした」

「浜岡？　そなたの名は？」

「はい。青柳剣之助と申します」

「なに、そなたが青柳剣之助どのか」

自分の名を知っている。剣之助はあっと思った。

「もしや、住谷荘八郎先生でございますか」

「いかにも。住谷だ。そなたのことは金子樹犀からの手紙で存じておる。時間がとれずに失礼した」

「恐れ入ります。浜岡さまにいろいろ教えていただきました」

「そうか。それはよかった。うむ、ちょうどよい。こちらに来なさい」

そう言い、住谷荘八郎は講堂に引き返し、玄関脇にある小部屋に剣之助を通した。

そして、手を叩き、やって来た侍に、浜岡源吾を呼ぶように命じた。

剣之助は住谷と向き合った。滲《にじ》み出る威厳のようなものに、剣之助は自然に頭《こうべ》を垂れた。

「樹犀は元気か」

「はい。ご堅固《けんご》にございます」

「弟子はだいぶ集まっているのか」

「はい。大勢おります」

「そうか。あ奴のことだ、相変わらず、囲碁と将棋に目がなかろう」

「はい。ときどき、相手をさせられております」

「ごくろうなことだ」

住谷荘八郎は笑った。

「あの男は優れた学者だが、少し偏屈《へんくつ》なところがある。いや、自分に正直に生きていると言おうか」

住谷は真顔になった。

「じつは、致道館にはふたつの派が出来、常に対立してきた。そのことに嫌気がさし、あの者は辞めていったのだ」

ふたつの派とは、放免派と恭敬派だと、浜岡源吾から聞いていた。今は、恭敬派が権力を握っていると言う。

「失礼します」

戸を開けて入って来たのは浜岡源吾だった。

「おう、青柳どのか」

「浜岡さまをお訪ねしようとしたところ、偶然にも住谷先生にお会いいたしました」

「浜岡。これへ」

住谷荘八郎が言う。

はっと、浜岡源吾が部屋の中に入って来た。

「致道館の中を案内してくれたそうだの」

住谷が浜岡源吾に言う。

「はあ、簡単にではございましたが」

「いえ、十分に勉強になりました」

剣之助は応じる。

「青柳どのは江戸のお方だときいたが？」

金子樹犀の文に書いてあったのだろう。

「はい。わけありまして、酒田に参り二年近くなります」

「わしも二十年近く前に江戸詰でしばらく暮らしたことがある。江戸は遊ぶところも多く、なかなか刺激的な町であった」

住谷は述懐《じゅつかい》する。

「江戸に、青痣与力という凄腕の与力がいる。ひょっとして、青柳どのは？」

「父です。青柳剣一郎は私の父です」

剣之助は覚えず声を震《ふる》わせていた。

「そうか。やはり、そうであったのか」

「青痣与力というのは、いかなるわけで？」

浜岡源吾が興味深そうにきいた。

「かつて押し込み事件があった。その押し込み犯の中に単身で乗りこみ、賊を全員退治した。そのとき頬に受けた傷が青痣として残った。だが、その青痣こそ、勇気と強さの象徴ということから、ひとびとは畏敬の念をもって青痣与力と呼ぶようになったと、聞いている」

住谷は目を細めて語った。

「恐れ入ります」

「そういうわけですか。青柳どのはその青痣与力の息子さんでありますか」

浜岡が感嘆したように言う。

「その後の青痣与力の活躍は、江戸からやって来る商人などからも聞いている。江戸の人間にとって、なんとも頼もしきお方である。また、一角《ひとかど》の人物であり、奉行所の与力として異質であるとのこと」

剣之助は胸が熱くなっていた。

江戸から遠い地で、父のことが話題に上っている。そのことが、剣之助にはうれしく、また父の偉大さに改めて思い至った。

町奉行所の与力・同心は罪人を扱うので卑《いや》しめられており、地位、格式からいうと、最も下に位置づけられている。

だが、父は江戸の町の安全のために日夜闘っているのだ。そういう父をもったことを、剣之助は仕合わせだと思った。

「青柳どの」

住谷の声に、剣之助は我に返った。

「鶴岡にはいつまでお出でかな」

「はい。はっきりわかりませんが、あと四、五日ぐらいこちらにいるかと思います」

「ならば、日を改めてお会いいたそう」

そう言い、住谷は立ち上がった。

剣之助と浜岡もいっしょに部屋を出た。

五

門まで浜岡の見送りを受けて、剣之助は致道館をあとにした。

木戸口を出たところで、多助と京太に出会った。

「お住まいにお邪魔したら、ご妻女が致道館に行かれたと言うので」

多助が言う。

「じゃあ、待っていたのですか」

剣之助は目を見張ってふたりを見た。

「へい」

多助が頷く。

「しかし剣之助さんのご妻女は、ほんとうにきれいですね。あっしは目がくらんだ」

京太が真顔で言う。

「いや、そんなことはありません」

「京太の言うとおりですぜ。あっしも、思うように口がきけなくなった」

多助も言う。

「剣之助さんがうらやましい」

京太が言うので、

「お光さんだって可愛いひとじゃありませんか」

と、剣之助は言い返した。

「えっ、そうですかえ」

京太は満更《まんざら》でもない顔をした。

「それより、何か」

「そうそう、じつは、大出俊太郎さんのお父上に剣之助さんのお話をしたら、ぜひお会いしたいと仰《おつしや》るんですよ。あっ、すいません。つい、話の成り行きから、剣之助さんのことを口にしてしまいまして」

「いえ、それは構いません」

「で、いかがですかえ」

「ええ、もちろん、お会いしたいです」

何か手掛かりになるような話が聞けるかもしれないのだ。

「じゃあ、これから」

多助と京太の案内で、剣之助は羽黒《はぐろ》街道を東に向かった。羽黒山に通じる道だ。

御家中と呼ばれる上級武士の屋敷は三の丸内になるが、御給人と呼ばれる下級武士の住まいは城から離れている。

やがて、鶴岡天満宮《てんまんぐう》の鳥居が見えて来た。御徒町と御中間町に差しかかった。大出俊太郎の住まいは御徒町だ。

百二十坪ぐらいの広さの組屋敷がきれいに並んでいた。だいたい禄高《ろくだか》三十石前後のようだ。細い道の両側に、各屋敷の木戸門が並んでいる。

どの屋敷も裏庭を畑にして耕《たがや》し、自給自足の暮らしをしていることが窺える。組屋敷の一帯を一歩離れれば、庄内平野の田圃が広がっている。

組屋敷が並んでいる中のひとつの家の木戸門を入った。

土間に多助が入って行き、剣之助と京太は外で待っていた。すぐに多助が顔を出し、中に入るように告げた。

剣之助は狭い土間に入った。

上がり口に、老いた男女が待っていた。大出俊太郎の父と母である。

「ようこそお出でくださいました。むさくるしいところでございますが、どうぞお上がりください」

父親が言う。

頬はこけ、無精髭《ぶしょうひげ》に白いものが混じっている。毅然《きぜん》とした姿を保っているが、憔《しょう》悴《すい》していることは隠しようもなかった。

母親も凛《りん》としているものの、悲しみに打ち沈んでいることは明らかだった。

「お邪魔いたします」

剣之助は部屋に上がった。

「お線香をあげさせていただけますでしょうか」

剣之助は頼んだ。

「ありがとうございます」

母親が礼を言い、仏間に案内してくれた。

未知のひとながら、剣之助は思いを込めて線香を手向《たむ》け、合掌した。この男の死に、父剣一郎は不審を抱いているのだ。

剣之助は仏前から離れた。続いて、多助、京太が線香を上げた。

「改めてご挨拶を申し上げます。青柳剣之助と申します」

剣之助は挨拶をした。

「恐れ入ります。俊太郎の父でございます。こちらが母親にございます」

父親もまた、御徒組の藩士だったが、数年前に病気をし、そのまま隠居して代を俊太郎に譲《ゆず》ったという。

「江戸でいったい、何があったのか、私はまったく納得がいきませぬ」

父親が急《せ》き込《こ》むように言った。

「俊太郎は江戸に行ったら、朱子学を学ぶのだと張り切って、お殿さまのお供をして江戸に参りました。遊女と心中など、およそ俊太郎にはふさわしくないと思っております」

「なぜ、俊太郎どのは朱子学に興味をお持ちになられたのでしょうか」

「ご承知かどうかわかりませぬが、致道館には創設当初から、放免派と恭敬派の対立が続いておりました。致道館を出たものが役人になり、藩政の重要な役職に就くようになります。政教一致でござる。したがって、致道館での両派の対立は、藩政における対立でもあるのです。俊太郎はそのような対立を生む徂徠学なるものに疑問を覚え、朱子学を学んでみようという気になったのでございます」

朱子学は幕府の正式な学問である。譜代ながら、酒井家は徂徠学を教育の元としてきた。朱子学に傾く大出俊太郎は藩内で、異端者扱いされなかったのだろうか。

剣之助はそのことを訊ねた。

「致道館は朱子学を排斥《はいせき》する風潮でしたので、俊太郎はそのことを隠していたようです。だから、江戸勤番に決まったとき、俊太郎は喜んでおりました」

「このようなことは考えられませぬか」

剣之助はある想像をした。

「江戸屋敷において、朱子学を学んでいることで、周囲からいやがらせや冷たい仕打ちを受けるようになり、その逃げ場を吉原の遊女に求めたということは？」

父親はやつれた顔を弱々しく横に振った。

「俊太郎はそんな弱い男ではなかったと信じております」

「ええ。私もそうは思っていません。父からの手紙にも、俊太郎どのは昌平坂学問所の藤尾陣内先生のところに熱心に通われていたとのこと。そのようなお方が遊女にうつつを抜かすとは考えられないと」

「あなたさまは江戸の有名な与力の息子さんだとか」

「いいえ、有名ではありませぬが、ただ、俊太郎どののご遺体の検視をしたのが父でございます。そのさい、幾つかの不審を覚えた由《よし》。それで、私にひそかに調べて来るようにと」

「私どもも、息子の死に納得はしておりませぬ。どうぞ、お調べくだされ。いかなることも、お手伝いいたすゆえ」

「はい」

剣之助は父親の心を思いやりながら、

「俊太郎どのからお手紙が来たことはありますか」

「一度」

「そこに、江戸屋敷での何か気になるようなことは書かれておりませんでしたか」

「いや。手紙には、望みどおり朱子学を学んでいることが書かれておりました。そのほかには江戸での暮らしぶりとか」

父親は母親に顔を向けた。

すると、母親が思い出したように言った。

「そういえば、中屋敷のお方はずいぶん散財なさっていると驚いておりました」

「中屋敷のお方？」

「殿の側室でござろう。殿に側室は三人ほどいる。そのうちのひとりの側室の贅沢《ぜいたく》振りを憤慨《ふんがい》したものに違いありません」

父親は厳しい顔で続けた。

「ご覧のように、我ら下級武士は常に苦しい生活を余儀なくされております。俊太郎は、学問で身を立て、御給人から御家中への昇進を目指しておりました」

「御家中になることは可能なのですか」

剣之助はきいた。

奉行所内では与力と同心とは身分の格差があるが、同心から与力に出世することは可能であった。もっとも、よほど同心としての功績を上げねばならず、現実的に同心から与力になった者は数少ない。

しかし、その出世は奉行所内でのことであり、奉行所の与力が奉行所以外の他の組の与力のように御目見得《おめみえ》になれるということはない。

「御家中に出世出来るのはまれにいます。決して不可能なことではありませんが、容易なことでもござらん。また、知行も五十石がせいぜい。それでも、御家中と御給人とでは天地の差があります。俊太郎はそのために学問に励んでいたのです」

「そうでございますか。そんなお方が遊女と情死など考えられません」

剣之助ははっきりと言った。

大出俊太郎は自ら腹を切っている。だが、そこにある力が働いたとしたら……。つまり、大出俊太郎は切腹を強《し》いられた。

しかし、それもおかしい。自ら腹を切ったというのは、何らかの罪を犯し、裁きを受けたからであろう。

そのことを江戸屋敷のほうで隠す必要はない。

「俊太郎どのは、深川にある海産物問屋『出羽屋』から金を借りていたということです。そのことをどう思われますか」

剣之助はきいた。

「信じられません。いや、そんなことはあり得ないと思います」

父親は強い口調で言う。

「あの子は、お金を借りることはないと思います」

母親も言ったが、ふたりとも、自信がなさそうな顔つきだった。よほどのことがあって、金を借りたかもしれないと思っているのか。

だが、『出羽屋』が下級武士の大出俊太郎に金を貸すとは思えない。

「御蔵方の沢野信次郎というひとの名前を聞いたことはありますか」

「確か、沢野さまとは致道館で共に学ばれたお方」

「おふたりは仲がよかったのでしょうか」

「身分は違いますが、親しくさせていただいたようでございます。江戸勤番もいっしょなので心強いと申しておりました」

俊太郎のふた親と話し合ってきたが、やはり情死に結びつくような話はなかった。

大出俊太郎の死は情死の果てではない。

剣之助は改めて思ったが、最後にひとつだけ確かめた。

「失礼ですが、俊太郎どのには好きな女子はいたのでしょうか」

「俊太郎が一方的に思いを寄せている女子はおりました。でも、俊太郎の片恋だったようです」

母親は寂しそうに言った。

だいぶ時間も経ったので、剣之助は辞去することにした。

夫妻に見送られ、剣之助らは来た道を引き返した。

「俊太郎どのが、思いを寄せていた女子とはどなたでしょうか。調べることは出来ませぬか」

剣之助はきいた。

「そうですね。確か、お弔いに若い女子が来ていました。その女子は、俊太郎さんの隣家の娘ということでしたが、その娘にきけば何かわかるかもしれませんね」

多助が思い出したように言う。

「調べていただけますか」

片恋だとしても、どの程度の関係だったのか。思いを寄せた女子がいたとしたら、遊女と心中することが腑に落ちない。

「わかりやした。これから、ちょっと当たってみます」

「すみません」

「剣之助さん、帰り道はわかりますよね」

京太が心配そうにきく。

「一本道ですからね」

「そうでした」

「じゃあ、あとでお住まいのほうにお寄りいたします」

多助は京太とともに組屋敷の一帯に戻って行った。

剣之助はひとりで来た道を戻る。組屋敷のある町並から町人町に出る間に、ちょっとした寂しい場所がある。

左手奥に神社があり、右手には雑木林が鬱蒼《うっそう》としている。前方から西陽が射している。

その西陽に向かって歩いて来たが、さっきからずっと付いて来る男がいた。

念のために歩く速度を緩めると、相手の歩みも遅くなる。明らかに、こちらに歩調を合わせている。

再び、足を進めたとき、欅の大樹の陰から数名の覆面姿の侍が現れた。薄汚れた袴《はかま》姿で、いずれも浪人者のようだ。

背後からも数名の侍が迫っていた。挟み撃ちになった。

全部で八名。その八名が三方から迫る。剣之助は後退る。街道から雑木林の中に追い込もうとしているのだ。

剣之助は立ち止まった。

「青柳剣之助と知ってのことか」

「いかにも。そなたに恨みはないが、死んでもらう」

真ん中にいた巨軀《きよく》の侍の野太い声で、他の侍がいっせいに抜刀《ばつとう》した。

「誰に頼まれたのだ」

剣之助は刀の鯉口を切った。

「知る必要はあるまい」

腕に自信があるのか、巨軀の侍は両手をだらりと下げたままだ。腕も太く、手も大きいことがわかる。

威圧感を覚えたのは体の大きさだけではない。

敵は八名。頭目らしき巨軀の侍はまだ刀を抜こうとしないので、今は七名だ。だが、この七名は寄せ集めの浪人に思えた。連携して襲って来る技はない。そのことを見抜き、剣之助は余裕を持った。

相手が多かろうが、所詮《しょせん》は一対一だ。

「誰から頼まれたのか、きょうは聞き出す」

そう言ったとき、正面の敵が上段から打ち込んで来た。剣之助は抜刀して相手の剣を弾《はじ》いた。

その間に、左手から鋭い剣尖が剣之助の脇腹に伸びて来た。剣之助は僅《わず》かに体をひねって、その剣を上から叩きつける。あっと呻いて、相手は刀を落とした。休む間もなく、すぐさま、最初に打ち込んで来た正面の敵の手首に襲いかかる。

切っ先が小手を斬り、相手は刀を落とす。たちまちのうちに、ふたりの敵が刀を失った。

背後で風が動いた。剣之助は身を翻《ひるがえ》し、振り向きざまに相手の二の腕を斬り、返す刀で横から迫った敵の手首を斬る。

長身の侍が決死の形相で打ち込んで来た。剣之助も敵の正面に飛び込む。剣之助の剣尖のほうがはるかに速く右腕を襲い、すれ違ったときには相手は剣を落とし、右腕を押さえていた。

無傷は巨軀の侍を含め三人。剣を青眼《せいがん》に構えたふたりは臆《おく》していた。

「退《の》け」

巨軀の侍がふたりを払った。

「見事だ。俺が相手だ」

巨軀の侍が静かに剣を抜き、青眼に構えた。

剣之助も青眼で対峙《たいじ》する。こうして向き合うと、相手は大きい。大木のようだ。相手の剣が斜め上から剣之助の目を目掛けて滑《すべ》り落ちて来るような迫力で、じりじりと間合いを詰めて来た。

剣之助は自然体で立ち、風の動き、相手の気を読む。間合いが詰まる。そして、間境いに入った。

次の瞬間、巨軀の侍の覆面の下の目が不審そうに動いた。再び、間合いを詰めて来た。

間境いに入るや、またも相手は不思議そうに眉根を寄せた。

三度、相手は青眼のまま間合いを詰めて来た。そして、間境いに入る寸前に、今度は強引に仕掛けて来た。

しかし、相手の剣尖は剣之助の胸前一寸（約三センチ）で空を切り、次の瞬間に剣之助の切っ先が相手の手首を襲った。だが、さすがに相手はその攻撃をすぐさま後退って避けた。

巨軀の侍は剣を青眼に構えたまま、目に焦《あせ》りの色を浮かべていた。

「引け」

巨軀の侍は叫ぶ。

傷ついた仲間を引き連れ、敵はいっせいに去ろうとした。

「待て」

剣之助は追おうとしたが、巨軀の侍が遮《さえぎ》った。

「誰に頼まれたのですか」

敵がどんどん遠ざかって行くのを見送りながら、剣之助はきく。

「青柳剣之助。きょうは俺の負けだ。いつか、もう一度、剣を交えよう」

巨軀の侍が後退りながら言う。

「待ってください。村山ご城代の手の者の依頼ですか」

剣之助は問いかけた。

「違う。依頼主の名は言えぬが、ご城代ではない」

巨軀の侍はそう言って剣を引くや、踵を返し、一目散に駆けだして行った。

村山城代ではない。その言葉に嘘はないようだ。だとしたら……。
気がつくと、辺りは暗くなり、海のほうに夕陽が沈んで行こうとしていた。

第四章　深川十万坪の死者

一

翌朝。どんよりとした空模様だ。

札差『大国屋』の文右衛門からの知らせに、剣一郎は巣鴨にある植木職『植松《うえまつ》』に急いだ。

離れ座敷に、知太郎は横たわっていた。顔を歪《ゆが》めて、荒い息をしている。首に紐《ひも》状の痣《あざ》が見えた。

「容体はどうなのだ？」

剣一郎は文右衛門にきいた。

「なんとか危ういところで止めることが出来ました。ただ、激しく興奮していて、とうてい話をするどころではありません」

文右衛門は悲痛な表情で答える。

昨夜、文右衛門の使いが来て、知太郎が首を括《くく》ったと言って来たのだ。恐れていたことが現実のものになった。

「青柳さまに言われ、私が駆けつけたとき、ちょうど首を括ったところでした。一足遅かったら、だめでした」

もっと、強引に知太郎に会うべきだったと後悔しても、もう遅い。こうなったら、命に別状がないことを祈るのみだった。

知太郎はお栄失踪の鍵《かぎ》を握る唯一の人間だった。これでは、当分、何もききだせそうもなかった。

そして、事態はさらに最悪の状況に陥《おちい》ったと言わねばならない。知太郎が死を選ぼうとしたのは、お栄の身によほどのことがあったからに違いない。

もはや、お栄は生きていないかもしれないと、剣一郎は重たい気持ちになった。

知太郎の回復には時間がかかりそうだ。

剣一郎が出口に向かったとき、文右衛門が追いかけて来た。

「青柳さま。こんなことになるとは、文右衛門、一生の不覚にございます」

あのとき、文右衛門が邪魔《じゃま》立てしなければこうはならなかったと抗議しても、今さら詮《せん》ないことだった。

「知太郎の養生を第一にせよ」

「知太郎は、私が問い詰めても何も言いませんでした。ですが、うちに出入りの職人の直助が知太郎がお栄らしき女といっしょなのを見ておりました。申し訳ありません」

「今さら何を言っても遅い。知太郎が早く回復し、一切を話してくれることだ」

悄然《しょうぜん》としている文右衛門を残し、剣一郎は巣鴨を離れた。

残る手掛かりは光吉だ。

両国広小路にやって来ると、両国橋から植村京之進がやって来るのに出会った。

「青柳さま。知太郎はいかがでしたか」

京之進がきいた。

「命に別状はないが、当分、話は出来ない」

「そうでございますか」

京之進は表情を曇らせた。

「亀戸町に手掛かりはないか」

「はい。ただ、お栄の失踪直後に、伝六とお敏という夫婦がいなくなっていました。近所の者の話では、夜逃げだということでした。お栄の件との関連はわかりませんが、いまだにこのふたりの行方はわかりません」

「何をしていた夫婦だ?」

「露店で物売りをしていた男のようです。女房のお敏は、半年前まで回向院《えこういん》前にある薬種屋《やくしゅや》『山村屋《やまむらや》』の奉公人だったそうです」

「その夫婦者は自ら姿を晦《くら》ましたのか」

「はい。今行方を探しております」

「その夫婦者のことで何か、気になることはないか」

「ひとの出入りはかなりあったそうです。しかし、知太郎とお栄らしき男女を見ていた者はおりませんでした」

「ひとの出入りがかなりあったのか」

知太郎とお栄は伝六夫婦の家を訪れたのではないかと、剣一郎は思った。

亀戸町のことを口にしたときの光吉の狼狽《ろうばい》を思い出した。

光吉は何か知っている。

「伝六夫婦の行方を引き続き探すように」

京之進に言い、剣一郎は田原町に向かった。

『金扇堂』に入って行くと、ちょうど光吉が店番をしていた。

光吉は剣一郎の顔を見て、顔色を変えた。

「青柳さま。すぐ外に出ます」

光吉はあわてて言い、番頭に言葉をかけて、外に出て来た。

赤い幟がはためいている稲荷社までやって来てから、

「光吉。知太郎が首を括った」

と、剣一郎は言った。

「えっ」

光吉は目を真ん丸にした。

「命に別状はないようだが、危ういところであった」

「知太郎に何が……」

「光吉。亀戸町に住む伝六とお敏という夫婦を知っているな」

剣一郎は断定した。

「は、はい」

「知太郎とお栄はそこに行ったのではないか」

「そうかもしれません」

光吉はあぶら汗を流しながら俯《うつむ》いた。

「知太郎とお栄は伝六夫婦にどんな用事があったのだ」

「…………」

「光吉。知らぬとは言わせぬ。言わぬなら自身番か大番屋に来てもらうことになる」

剣一郎は脅した。

「伝六のところでは、子下ろしをしてくれるんです」

「子下ろし？」

「はい。伝六夫婦に頼むと、薬で子下ろしをしてくれるんです。ひょっとしたら、お栄さんは知太郎の子を身ごもっていたのかもしれません」

「なるほど。そういうわけだったのか」

伝六夫婦は金をとって堕胎《だたい》を請け負っていたのだ。

すると、お栄は……。

「子下ろしは薬でするのだな」

「はい。子下ろし薬を飲ませます」

「おまえも、どこかの娘に子を孕《はら》ませたことがあったな」

「いえ、それは……」

光吉はしどろもどろになった。

「知太郎は以前にもその伝六のところに行ったことがあるのか」

「はい。半年前に一度、行ったはずです。私が教えたことがありますから」

「そうか。ところで、伝六夫婦がどこかに逃げた。逃げた場所に心当たりはないか」

「いえ」

「伝六夫婦を手伝っている者はいたか」

「天神さま界隈をうろついている地廻りの男と親しいようでした」

「よし、もう行ってよい。女と遊ぶのもいいが、ほどほどにしておけ。いつか、大怪《け》我《が》をするぞ」

「はい。肝《きも》に銘《めい》じて」

光吉はそそくさと帰って行った。

剣一郎は『よしの家』を訪れた。

いつもの座敷に通された。女中に、主人の三左衛門とお房、そしてお栄の姉のお孝を呼ぶように頼んだ。

剣一郎は気が重かった。無事な姿を確認したということならば、どんなに気持ちが弾んだことだろう。

てております」

「失礼します」

廊下に声がした。

まだ、お店を開く前で、三人は揃ってやって来た。

「青柳さま。あれから、お栄の手掛かりはなにもありませぬ。もはや、私どもは諦めております」

三人を代表する形で、三左衛門は言った。

どう切り出すか、心を痛めていたので、三人の覚悟は剣一郎の気持ちの負担をいくぶん軽くした。だが、深刻な話をしなければならないことには変わりなかった。

「お栄が身ごもっているらしいことはなかったか」

「お栄が、でございますか」

お房がはっと顔色を変え、お孝と顔を見合わせた。

「気づいていたのか」

「はい。いつぞや、お孝が私に申しました。お栄はお腹に子が出来たのではないかと。私はそのとき、一笑《いっしょう》に付していたのですが」

「お孝はどうして気づいたのだ」

「はい。目つきがなんとなくきつくなったのと、だいぶふっくらしてきたことから、おやっと思っていました。ある夜、お栄は井戸端で吐いておりました。それに……」

お孝はちょっとためらってから、

「一度、客で来た知太郎さんをお栄が自分の部屋に引っ張って行ったことがありました。知太郎さんが、お腹の子の父親なのですね」

「間違いないようだ」

「で、お栄は？」

三左衛門が怯《おび》えた顔できいた。

「残念ながら、もはや生きていないと思う」

三人からすぐに返事はなかった。

やがて、お房が嗚咽《おえつ》を漏らした。

「青柳さま。どうして、お栄は命を落としたのでありましょうか」

お孝が気丈にきいた。

「知太郎とお栄は亀戸町のある者の家に行った。そこで、子下ろし薬にて子を下ろそうとしたのだ。ところが、薬を飲んで、お栄は急に苦しみ出した。驚いた知太郎らは、お栄がかどわかされたように見せかけて、亡骸《なきがら》をどこぞに始末したものと思える」

「始末？」

お孝が眉をひそめた。

「どこぞに埋められたのであろう」

「可哀そうに。ずっとひとりぽっちで」

お房が袂《たもと》で顔をおおった。

「青柳さま。どうぞ、お栄を見つけてください。早く、安らかに眠らせてあげたい」

三左衛門は真剣な眼差《まなざ》しで言う。無事な姿はもう望めない。亡骸を見つけて欲しいと、三左衛門は頼むのだ。

「必ず」

剣一郎は悲しい約束をした。


夕闇が迫って来た。剣一郎は奉行所に戻り、宇野清左衛門に報告に上がった。

そのことを聞きつけたのか、長谷川四郎兵衛も同席すると言ってきた。やむなく、剣一郎はふたりの前に腰を下ろした。

「青柳どの。かどわかしの件はどうなった」

長谷川四郎兵衛が膝を乗り出すようにしてきいた。

「『よしの家』のお栄はもはや命がないものと思われます」

「やはりな。もう、八日も経つのだからな」

宇野清左衛門が深刻そうな顔で呟《つぶや》く。

「なんと。とうとう助け出すことが出来なかったのか」

四郎兵衛が大仰《おおぎょう》に嘆く。

「いえ、最初から、お栄は死んでいたのです」

「かどわかされて、即、殺されたと言うのか」

四郎兵衛は問い詰めるようにきく。

「いえ、かどわかしではありませぬ」

剣一郎は光吉の話から、お栄は子下ろし薬を飲まされ、運悪く死んでしまったのではないかと話した。

「このことを隠蔽《いんぺい》するために、わざと脅迫文をかき、『よしの家』に送ったものと思われます」

「お栄の死因を隠すために仕組んだのか」

清左衛門は苦々しげに言う。

「はい。今、伝六とお敏夫婦の行方を探しております。お栄の亡骸を埋めたのは伝六夫婦に違いありませぬ」

「早く、親元に返してやりたいものだ」

清左衛門がしみじみと言うと、

「よいか、青柳どの。三日以内だ。それまでに、お栄の亡骸を探し出すのだ」

と、四郎兵衛が迫った。

「かしこまりました」

「ところで、青柳どの。酒井家家臣の情死事件はどうなっておるのだ。まだ、きちんと報告書が上がっていないようだが」

中間の報告書という形で差し出していたが、最終的なものはまだだった。

「申し訳ありませぬ。かどわかし事件のほうに気をとられ、報告書の作成が疎《おろそ》かになっておりました」

「なんだと。そんなことが理由になると思っておいでか。ああ、青柳どのも焼きがまわったものだ」

「申し訳ありませぬ」

最終報告書を差し出さないのは、剣之助からの文を待っているからだ。もし、剣之助が何も見つけられなければ仕方ないが、もし、何か秘密を摑んできたら、改めて情死事件を調べ直すつもりだった。

剣之助からの便りはまだない。

「早急に差し出されよ」

四郎兵衛は激しい口調で言って、いつものように先に部屋を出て行った。

「気になさるな。情死事件についても、気が済むまで調べられよ」

何事にも理解を示してくれる清左衛門は心強い言葉をかけてくれた。

剣之助。

覚えず、剣一郎は心の中で、剣之助の名を呼んでいた。

二

夕餉《ゆうげ》の膳《ぜん》の前に座ったとき、ふと剣之助は顔を上げ、辺りを見回した。

「どうなさいましたか」

志乃が訝しげにきいた。

「いや、なんでもない」

剣之助は笑って答えたが、今、父の呼ぶ声を聞いたような気がしたのだ。外は風が強いので、樹の枝がこすれる音だったかもしれない。その音が、父の声に聞こえたのだ。心の中で、父のことを思っていたからだろう。

鶴岡に来て、十日も経つというのに、これといった手掛かりが摑めない。さぞかし、父は待ちくたびれていることだろう。

ただ、わかったことがある。最初、浜岡源吾の名で本住寺に呼び出されて襲われた件。

そして、きのう大出俊太郎の組屋敷からの帰りに襲われた件。このふたつは、村山城代の手の者の仕業《しわざ》ではないということだ。

そのこと以外で、自分が襲われる理由はない。あるとすれば、ただひとつ。今、剣之助が調べていることとの関連だ。

いや、それしかない。

江戸の情死事件の調べを、父の青柳剣一郎が行なっていることが、こちらに伝わっているのではないか。そこに息子の剣之助がやって来た。

当然、情死事件の探索だと気づいたはずだ。

ついに、敵は尻尾《しっぽ》を出したのだ。情死事件には裏があることが明らかになったといっていい。

剣之助はいよいよ見えぬ敵に一歩近づいたように思った。

ただ、多助と京太はきょう一日待ったがやって来なかった。きのう、大出俊太郎が思いを寄せていた女子のことを調べに行ったきりだ。きのうの夜にここに寄ると言っていたが、現れなかった。

探しあぐねているのかもしれないと、ふたりを心配した。

はっと気づくと、志乃が心配そうに見ていた。

「さあ、いただこうとしよう」

あわてて、剣之助は元気な声を出した。

食事をあらかたとり終わったあと、女中がやって来た。

「剣之助さまにお客さまです。浜岡さまと仰《おつしや》います」

「浜岡さまが」

剣之助はすぐに立ち上がった。

「あっ、屋敷の外でお待ちいただいております」

「越前屋さんは留守なのですか」

剣之助が女中にきく。

「はい。寄合で出掛けております」

越前屋がいれば、浜岡源吾のことは知っているので、ここまで通したのだろうが、あいにく留守だった。

先日、怪しい人間が剣之助を誘《おび》き出したことがあるので、越前屋が不用意に離れに案内しないように命じたらしい。

「すぐに呼んで参ります」

「いえ、私が出て行きます」

剣之助は内庭を抜け、台所から通り庭を抜けて、店の土間に出た。すでに大戸は閉まっていた。

脇の潜《くぐ》り戸から外に出ると、雁木《がんぎ》の下で、浜岡源吾が待っていた。

「浜岡さま」

剣之助は近寄った。

「おお、青柳どの」

「申し訳ありませぬ。このような場所でお待たせして。この前のことがあり、来客はすぐに取り次がないように越前屋さんが気を配ってくれたようでして」

「いや。用心に越したことはない」

「さあ、どうぞ」

「いや、すぐに済む。じつは、明日の夕方、住谷先生が青柳どのとぜひ食事をしたいと仰られ、私が都合を伺いに来た。いかがかな」

「否応《いやおう》もありません。どこへでもお伺いいたします」

「うむ。それを聞いて安心した。下肴町に『升屋《ますや》』という大きな料理屋がある。内川沿いに建っているのですぐわかる。そこで、暮六つ（午後六時）にということでござった」

「畏まりました」

「ご妻女どののもごいっしょにということだ」

「よろしいのですか」

「もちろん」

「では、喜んで伺わせていただきます」

浜岡源吾を見送り、剣之助は通り庭を抜けて離れに戻った。

「住谷先生から、お誘いだ」

明日のことを言うと、志乃は口許を綻《ほころ》ばせた。

翌日、剣之助は檜物町の多助の家を訪ねた。

職人が曲げ物を作っている。

多助の妻女が手を前掛けで拭《ふ》きながら出て来た。

「まあ、剣之助さま」

「お邪魔します。多助さんはいらっしゃいますか」

「きのうの朝早く、泊まりで出掛けました。帰って来るのはきょうの夕方だと思います」

「泊まりで？」

剣之助は訝った。

「ええ、京太さんとふたりで」

「どちらへ行ったんでしょうか」

「さあ、あのひとは御用のことは何も言わないんです」

妻女は苦笑して言う。

「わかりました。また、出直します」

「申し訳ありません。帰って来たら、剣之助さまがいらっしゃったことを話しておきますので」

すまなそうに言う妻女に見送られ、剣之助は来た道を戻った。

が、途中、一昨日のことを思い出した。

あの浪人たちは、雑木林の奥に逃げて行った。その方向へ行くと、どこに出るのか。剣之助は気になっていた。

羽黒街道を御徒町のほうに向かい、町人町を出ると、右手に大きな鳥居が見えて来た。

その向かい側は雑木林になっている。剣之助はそちらに向かった。

一昨日、敵に襲われた場所を過ぎ、雑木林を突っ切った。かなり奥まで、森は続いている。

森から出ると、広々とした田園風景が広がった。風は冷たい。春の訪れはまだ先のようだ。かなたに山が連なっている。

しばらく行くと、また神社が現れた。やがて、川が見えて来た。内川だ。お城の三の丸の脇から北に向かっている内川は大きく弧《こ》を描いて曲がって、いったん南東に流れ、ここから今度は再び北のほうに向きを変えている。

その川の近くに、大きな屋敷があった。屋敷の周囲は欅《けやき》や楢、杉などの樹が覆っている。周囲は忍び返しのついた高い木の塀が続いている。誰かの別邸であろう。

あの浪人たちはこっちに逃げて来た。まさか、この屋敷に逃げ込んだわけではあるまいと思いつつ、なんとなく気になった。

誰の屋敷か、あとできけばわかる。あまり近寄って怪しまれてもいけないと思い、剣之助はそこから引き返そうとした。

背後で、戸の軋《きし》む音がした。剣之助は無意識のうちに、傍らの欅の陰に身を隠した。

表門の潜り戸が開き、ひとりの侍が現れた。

剣之助はじっと様子を窺う。侍は剣之助に気づかず、そのまま剣之助がやって来た道を帰って行く。

男は土手のほうに曲がった。横顔が見えた。目尻が上がり、頬がそげて鋭い顔立ちの男だ。浜岡源吾の使いと偽《いつわ》り、剣之助を本住寺まで誘き出した侍だ。

剣之助は気づかれぬようにあとをつけた。羽黒街道に出て、城下に向かう。前を行く侍はまったく警戒していない。まさか、あのような場所に、ひとが隠れていたとは思わなかったのだろう。

やがて、十日町に入った。侍はそのままお城に向かう。さっきの内川が大きく曲がって流れている。

橋を渡り、三の丸の十日町口の木戸に向かった。そこは致道館へ通じている。

やはり、あの男は致道館にいる者だ。警護の者が、男に一礼をした。

男が三の丸に入ったあと、剣之助は警護の侍に近づいた。ここを通るたびに顔を合わせている侍だ。

木戸番の侍はもちろん御給人であり、さっき通って行った侍は御家中の侍なのだろう。

「ちょっとお訊ねします。今、入って行ったのはどなたでしたでしょうか。致道館でお会いしたことがありながら、名前を失念してしまいました」

「あのお方は、典学《てんがく》の島内儀平《しまうちぎへい》どのだ」

「典学の島内儀平……。典学というのは？」

「致道館で、記録をとったり、文書をまとめたりしているお方だ」

門番の侍は厳《いか》めしい顔をしているが、根は親切だった。

「そうですか。わかりました。これで、今度お会いしたとき、失礼をせずにすみます。ありがとうございました」

剣之助は礼を言って、木戸口から立ち去った。

典学の島内儀平か、と剣之助は呟く。

やはり、敵は致道館の中にいるようだ。しかし、なぜ、致道館にいる者が剣之助を襲うのか。

大出俊太郎は江戸にて朱子学を学んでいた。徂徠学を根本とする致道館の方針と異なるとして、排斥《はいせき》しなければならなかったのか。

剣之助は午後に、『越前屋』の離れに戻った。

志乃と共に、昼食をとったあと、しばらくして、女中が多助と京太を連れてやって来た。ふたりとも、尻端折《しりつぱしよ》りをし、旅装である。

ふたりは、顔見知りだということで、通り庭を通って、案内されて来たのだ。

「どちらへお出掛けだったのですか。きょうお住まいをお訪ねしたら、きのうの朝早くから出掛けたと、ご妻女どのが仰ってました」

剣之助がほっとした表情をすると、

「申し訳ありません」

と、多助は頭を下げてから言った。

「じつは、酒田に行って、今帰って来たんです」

「酒田へ?」

剣之助は驚きの声を上げた。

「へえ。じつは、あのあと、大出俊太郎さまの友人たちを訪ね、思いを寄せていた娘がやっとわかりました」

「そうですか」

「同じ御徒組の上役の娘で千代《ちよ》、二十一歳です。ところが、この千代どのは郡奉行配下の御郡手代《てだい》のもとに嫁《とつ》ぎ、酒田で暮らしているとのこと。どうしても、お話をお伺いしたいと思いましてね。それで、酒田まで行って来たんです」

「ご苦労さまでした。お疲れでしょう。ともかく、お上がりください」

「いえ。ご報告だけしたら、すぐに家に帰ります」

多助は旅装を解こうとしなかった。

「わかりました。で、千代どのに会えたのですか」

「やっと会うことが出来ました。大出さまが亡くなったことはご存じありませんでした。そのことを告げると泣いておられました」

「そうですか」

「どうやら、お互い、思いを寄せ合っていたようですが、大出さまは学問で身を立て、なんとしてでも御家中になろうとしていた。大出さまは、私より学問をおとりになったのだと、話しておられました。ですから、江戸で遊女と心中をしたと言うと、信じられないと強い口調で言っていました」

「やはり、何かありそうですね」

「じゃあ、あっしらはこれで」

「あっ、お茶でも」

志乃が驚いて引き止める。

「いえ、これから、大谷の旦那のところに行かなくてはならないんです。どうぞ、そんなお気遣いはなさらないで」

多助は遠慮して、

「じゃあ、剣之助さま。また、改めて」

と、引き上げようとした。

「多助さん。私は今夜、致道館の住谷荘八郎先生に『升屋』という料理屋にお呼ばれしました。ふたりで出掛けて来ます」

『升屋』ですか、結構ですね、あそこはたいそうな料理屋ですぜ」

多助が言うと、京太もつられたように、

「あっしも一生に一度でいいから、『升屋』に上がってみてえ」

と、うらやましそうに言う。

「そんな結構な料理屋なのですか」

「そうですぜ。内川の流れを見下ろしながら酒を呑《の》む。いいですねえ」

京太は舌なめずりをした。

「それじゃ、剣之助さま」

「多助さん、京太さん、ありがとうございました」

剣之助はふたりを外まで見送った。

いいひとたちだと、剣之助はふたりが横町を曲がるまで見送った。

三

その日の午後、知太郎の意識が回復したという知らせを受け、剣一郎は巣鴨の植木屋『植松』の離れにやって来た。

庭の桜が咲き始めていた。

なさぬ仲のおくにが知太郎の看病をしていた。

「青柳さま。どうぞ」

おくにが縁側に出て来て言う。

剣一郎は庭から縁側に上がり、座敷に入った。

知太郎は青ざめた顔を、傍らに座った剣一郎に向けた。

「青柳さま。申し訳ありません」

知太郎は目尻を濡《ぬ》らしている。

「無事でよかった」

剣一郎はまず知太郎を落ち着かせるように言い、

「よいか、知太郎。あらかたのことはわかっている。だから、すべて包み隠さず、正直に言うのだ」

「はい」

「お栄はそなたの子を身ごもったのだな」

「はい。そうです。私はびっくりして、お栄さんに子どもを下ろすように言いました。お栄さんは産むつもりだったので、私は困ってしまいました」

知太郎は深いため息をついて、

「それで、伝六に頼んだのか」

「はい。伝六が子下ろし薬を手に入れ、子をうまく下ろしてくれるということは知っていました。以前に、遊び仲間が伝六に世話になったとき、いっしょについて行ったことがありますので」

知太郎は続ける。

「あの日、胎教《たいきょう》によいことを教えてくれる取り上げ婆《ばば》がいるからと騙《だま》し、お栄さんを亀戸町の伝六の家に連れて行ったんです。私はお父っつあんとの約束があるからと先に引き上げました。そしたら、次の日……」

知太郎は声を詰まらせた。

「朝早く、伝六が私のところにやって来て、すぐに家に来てくれと。理由も言わずに、私を亀戸町まで引っ張って行きました。お栄さんに何かあったのかと思いましたが、まさかあんなことに……」

知太郎は声を震わせながら続ける。

「お栄さんが死んでいたのです。私がいくら呼んでも、返事をしてくれませんでした。そのとき、伝六がひとが変わったように、こう言いました。薬が合わなかったみたいだ、これが、お役人に知れたら、若旦那もどんなに軽くても島送りだと。死体を処分し、うまくやるから手間賃《てまちん》十両を出してくれと。いやなら、お栄の死体をお店に運んで行くと、脅されたんです」

知太郎の目から涙がこぼれた。

「あとのことは、ほんとうに何も知らないのです。お栄さんがかどわかしにあったと聞かされたとき、はじめて伝六の考えがわかりました。でも、もう伝六に任すしかありませんでした。私はお栄さんが死んだことや、自分が犯したことにおののいて食事も喉を通らなくなったのです」

「知太郎。よく話した」

剣一郎は知太郎をなぐさめてから、

「お栄がどこに捨てられたか、聞いていないのだな」

と、確かめた。

「はい。若旦那は知らないほうがいいって」

「伝六とお敏は姿を晦ました。ふたりがどこに逃げたか、思い当たることはないか」

「ありません」

朝から定町廻りの京之進や隠密廻りの新兵衛らは、伝六とお敏の行方を探索していた。ふたりの知り合いをしらみ潰しに当たっているのだ。

「伝六は、子下ろし薬をどこから手に入れて来るのだ？」

「たぶん、お敏のほうの伝手《つて》だと思います」

「そうか、お敏か」

お敏は半年前まで回向院前にある薬種屋『山村屋』の奉公人だった女だ。そこから、子下ろし薬を手に入れていたのだ。

「知太郎。まずは養生だ」

「はい」

弱々しい声で、知太郎は答えた。

剣一郎は、巣鴨から日暮里《にっぽり》、根岸《ねぎし》を抜け、浅草田圃を突っ切って、蔵前通りに入り、駒形、蔵前を過ぎて、浅草御門から米沢町《よねざわちょう》の自身番にやって来た。

この自身番が、京之進や新兵衛との連絡場所のひとつになっていた。

「まだ、おふた方ともお見えではありません」

自身番の者が言う。

「わかった。これから本所の薬種屋『山村屋』を訪ねる。もし、四半刻（三十分）以内にやって来たら、『山村屋』に来るように伝えて欲しい」

「畏《かしこ》まりました」

剣一郎は自身番をあとにし、ひとでごった返している両国広小路を抜けて両国橋に向かった。

暮れなずむ春の日だ。大川には白魚船が浮かび、向島のほうに向かう屋形船もある。まだ、花見には早いが、だいぶ船が出ている。

両国橋を渡り切ったところで、京之進とばったり出会った。

「ちょうどよいところで出会った。どうだ、何か手掛かりは?」

「はい。亀戸天神辺りの地廻りを訪ねていますが、伝六とお敏の行方を誰も知りません」

「そうか。これから、薬種屋の『山村屋』に行く。お敏はどうやら、そこから子下ろし薬を調達していたらしい」

「わかりました」

剣一郎は京之進とともに回向院前に向かった。

薬種屋『山村屋』は間口の狭い店だ。薬種と書かれた薬袋をかたどったような看板が見えた。

剣一郎と京之進は土間に入った。天井から薬袋がたくさんつり下がり、薬種簞笥《だんす》の前で、番頭らしい男が薬研《やげん》で薬をおろしていた。

手代に、主人に会いたいと声をかけた。そのとき、薬研を使っていた番頭らしい男がこっちを盗み見たのに気づいた。

手代が奥に引っ込み、やがて、主人が出て来た。

「これは、お揃いで……」

剣一郎と京之進の姿に、山村屋は目を見張って飛んで来て畏まった。

「ちょっとききたいことがある」

「なんでございましょうか」

恐る恐る、山村屋はきく。

そこに、客が入って来たので、山村屋はあわてて、

「どうぞ、こちらへ」

と、ふたりを奥の客間に案内した。

「なんでございましょうか」

改めて、山村屋がきく。

「こちらに、お敏という女が奉公していたそうだが」

「お敏でございますか。ええ、半年前まで、確かに、うちで働いておりました」

「お敏の亭主で、伝六という男を知っているか」

「伝六にございますか。そういえば、お敏は所帯を持つというので、辞めて行きました。その相手でございましょうか」

「そうだ。じつは、この伝六とお敏は子下ろし薬を使って、子下ろしをひそかに商売としてやっていた形跡があるのだ」

「子下ろしですって」

「そうだ。こちらで、子下ろし薬を売っているな」

「いえ、私どもはそのようなものは扱っておりませぬ」

山村屋は言下《げんか》に否定した。

「しかし、作ろうと思えば作れるのではないか。薬を調合して、特別に作ったりはしていないのか」

「いえ、私どもはしておりません」

「お敏は、辞めたあとも、ここに顔を出していたのではないか」

「はい。たまに、遊びに来ます。もっとも、いつも四半刻（三十分）足らずで引き上げますが、そのたびに手土産《てみやげ》を持って来ます。なかなか、出来るものではありません」

お敏を見上げたように言う。

「お敏ともっとも親しいのは誰だ？」

それまで黙っていた、京之進がきいた。

「まさか、うちの者が子下ろし薬を作っていたとお疑いで」

「その可能性を調べている」

京之進が言うと、山村屋は竦《すく》み上がった。

「そのような者がうちにいるはずがありません」

山村屋は強い口調で言う。

「さっき薬研を使っていた番頭ふうの男は何という名だ?」

「あの者は文助《ぶんすけ》といい、うちでは長い人間です」

「お敏とはどうだ?」

「どうだといいますと?」

「仲がよかったということはないか」

「そういえば……」

山村屋の表情が曇った。

「そう言えば、なんだ?」

「はい。文助はお敏になにくれとなく親切にしておりました。あれは、気があったのかもしれません。お敏が辞めたあと、本人は元気をなくしていましたから」

「すまないが、文助をここに呼んでもらいたい」

「はい」

山村屋は大きく手を叩いた。

すぐに足音がして、女中が顔を出した。

「番頭さんを呼んでくれ」

「はい」

ほっぺたの赤い女中が下がった。

廊下が軋《きし》む音がし、足音が部屋の前で止んだ。

「旦那さま。文助ですが」

障子の外で声がする。少し震えを帯びた声だ。

「入りなさい」

山村屋が声をかける。

障子を開けて、文助が入って来た。

緊張した顔つきだ。

「文助。おまえにききたいことがあるそうだ」

「山村屋。座を外してもらおうか」

剣一郎は山村屋に言う。

「畏まりました」

ちょっと不服そうだったが、山村屋は出て行った。

文助はねずみのような顔をしており、ちょこんと座った。

「さて、文助。そなたに訊ねたいのはお敏のことだ」

「は、はい」

文助は顔を俯けたまま答える。

「お敏を知っているな」

「はい」

「ときたま、お敏が店を訪れていたそうだが、そのとき、お敏に何を渡していたのだ。正直に言わぬと、ためにならぬ」

剣一郎は鎌をかけた。

文助はいきなり手をついて平伏した。

「恐れ入ります。子下ろし薬を渡しておりました」

「特別なものか」

「いいえ、他の生薬屋でも売っているものと同じでございます。うちの旦那はそんな薬は売ってはならないと言うので、お店では売っておりません。ただ、お敏に頼まれて調合をしておりました」

文助は小さくなって答えた。

「お敏と亭主の伝六が何をしているのか知っていたのか」

「はい」

「なぜ、そんな真似をした?」

「小遣い銭稼ぎに」

「お敏の色香にも負けたか」

「いえ、その」

文助はあわてふためいた。

「その薬を飲んだらしい女が死んだ」

「げっ、死んだ?」

「そうだ。薬を飲んだ、その日のうちに死んだようだ」

「その日のうちにですか。そんなはずはありません。確かに、毒薬を調合してありますが、ひとが死ぬような量ではありませぬ。そんな短い時間で死ぬなんて……」

文助は必死に弁解した。

その文助の必死の訴えに、剣一郎の心が動いた。覚えず、京之進の顔を見た。

「私も二度、子下ろし薬により命を落とした女を調べましたが、ふたりとも、服用から日を経てから死んでいました」

京之進が話した。

「そうか……」

お栄は薬のせいで死んだのではない。ひょっとしたら、伝六が飲ませようとした薬の正体に気づき、お栄が必死に抵抗した。伝六は強引に飲ませようと、お栄の首を絞めたか、お栄の腹を殴《なぐ》ったかしたのだ。

お栄の亡骸を見て、知太郎が死因を判断することは無理だったろう。

「文助。お敏と伝六の行方が知りたい。どこか、心当たりがあるか」

「いえ」

文助は首を横に振ってから、

「そういえば」

と、何かを思い出したように口を開いた。

「お敏には叔母《おば》がいて、雑司ヶ谷《ぞうしがや》の鬼子母神《きしもじん》門前で茶店をやっていると聞きました。もっとも、ほとんど付き合いは途絶《とだ》えていたようですが」

「雑司ヶ谷の鬼子母神門前だな。よし」

剣一郎はすぐに手配するように京之進に目配せをしてから、

「文助。また事情をきくことも出てこよう」

と言い、立ち上がった。

外に出ると、米沢町の自身番で聞いたのだろう、遊び人ふうの格好をした隠密廻り同心の作田新兵衛が待っていた。

「よいところで」

剣一郎は回向院脇のひと気のない場所に新兵衛を連れて行き、これまでの経緯を話した。

「そうですか。あっしのほうは、本所南割下水《みなみわりげすい》の旗本屋敷の賭場《とば》に出入りをしている松蔵《まつぞう》という男を見つけました。まだ、証拠はありませんが、伝六の家にも出入りをしていて、伝六の子分のような男です」

「そうか。よくやった。伝六と松蔵のふたりを捕まえれば、言い逃れは出来まい。京之進、あとはそなたに任す。松蔵を見張り、必要とあらば捕まえよ」

「はっ、畏まりました」

新兵衛の役割は松蔵の居場所を突き止めるまでだ。あとのことを新兵衛から京之進に代えたのは、隠密廻り同心の役目は探索だけであり、犯人の捕縛《ほばく》はしないからだ。

犯人を捕まえることが出来るのは基本的には定町廻り同心だけであった。

剣一郎は早く、お栄の亡骸を家族のもとに返してやりたいと思った。

四

その日の夕方、剣之助と志乃はふたり揃って外出した。

志乃は薄い赤地の縞《しま》模様のあわせの着物だ。

「すまない。着物のひとつも買ってやれずに」

「いいえ。私はこれで十分」

志乃は明るく笑う。

酒田で世話になっている万屋庄五郎が着物を贈ると言ったのを、志乃は辞退していた。世話になりながら、その上、厚かましすぎる。ご好意だけをありがたく頂戴《ちょうだい》しますと言い、いたく庄五郎を感心させた。

通り丁を北に向かう。ほぼ真ん丸な月がもう空に浮かんでいた。空が暗くなるにつれ、月が明るさを増していく。

やがて、内川に出て、大泉橋を渡る。川面《かわも》が月明かりを照り返してきらめいていた。

右手の川沿いに、大きな建物が見えた。二階の広々とした窓が川に面している。料理屋の『升屋』だ。

橋を渡り、右に折れる。酒田への船着場を越し、大きな門構えの『升屋』に入った。

玄関で、住谷荘八郎の名を出すと、剣之助と志乃は女将《おかみ》に丁重に迎えられ、二階の座敷に通された。

まだ、住谷と浜岡源吾は来ていなかった。

座敷に入り、剣之助は窓辺に寄った。障子を開け、廊下に出た。眼下に内川が見える。

そして、右手にはお城がぼんやり見え、城下の町の明かりがきらめいている。

目を左に転じると、田園風景が広がっているが、幾つか明かりが見えるのが大出俊太郎の住んでいた御徒町や御中間町の組屋敷の辺りだろう。

そして、目を手前に引くと、ここからちょうど内川をはさんで斜め左手にこんもりとした杜が見え、その中に屋根が見えた。

昼間見た誰かの別邸のようだ。

「お見えでございます」

女将の背後から、住谷荘八郎と浜岡源吾が現れた。

剣之助と志乃はあわてて窓辺から離れた。

「きょうはお招きいただいてありがとうございました」

腰を落ち着けてから、剣之助が礼を述べた。

「いや。かえって、迷惑ではなかったかと気にしている」

住谷が鷹揚《おうよう》に言う。

「とんでもありませぬ。ご挨拶が遅れました。妻の志乃にございます」

「志乃でございます。ふつつか者でございますが、よろしくお願いいたします」

「住谷荘八郎だ。うむ。噂に違《たが》わぬ美形だ。これほどの美しい女子にお目にかかれるとは、今宵《こよい》は運がよい」

住谷が真顔で言う。

「誠に。私は浜岡源吾と申します」

浜岡が志乃に挨拶をし、

「青柳どのはこのようにお美しいご妻女を娶《めと》られ、なんともうらやましい限りにござる」

「恐れ入ります」

剣之助は恐縮して言う。

仲居が酒と料理を運んで来た。

女将が剣之助に酌《しやく》をする。

「青柳どのはお酒のほうはいかがかな」

住谷がきく。

「はい。いたって、不調法《ぶちようほう》にございます」

「まあ、気にせずにやりなさい」

「はい。ありがとうございます」

「鶴岡はいかがかな」

女将の酌を受けて、住谷は機嫌よさそうに志乃にきいた。

「はい。静かな佇《たたず》まいで、美しいご城下でございます」

志乃は如才《じよさい》なく答える。

「美しい城下も、見えぬところで汚れている」

住谷が険《けわ》しい顔をしたが、それも一瞬だった。すぐににこやかな顔つきで、

「おふたりは酒田の『万屋』にいると聞いたが、どういうわけで、酒田までやって来たのだな」

「はい」

剣之助は志乃と顔を見合わせてから、

「私が志乃を奪い、ふたりで江戸から逃げて参りました」

そのわけを話すと、

「うむ。あっぱれな」

と、住谷は愉快そうに言う。

料理が続々と出てきた。かれいの焼き魚が香ばしい。丸く柔らかな豆腐《とうふ》は南禅寺《なんぜんじ》豆腐で、北前船《きたまえぶね》でやって来た京のお坊さんが伝えたものだと、女将が言う。

志乃がおいしいと言って食べたのは、郷土料理のもうそう汁だった。孟宗竹《もうそうちく》のたけのこに厚揚げや椎茸《しいたけ》が入っている。味噌《みそ》と酒粕《さけかす》で仕立ててあり、独特の風味があった。

日本海からの新鮮な海の幸、四季折々の自然の恵みで栽培された野菜など、剣之助も料理を味わった。

「女将。ちと、青柳どのご夫妻と話がある。座を外してもらえぬか」

住谷がふいに言った。

「畏まりました」

女将は仲居を連れて、座敷を出て行った。

「さて、青柳どの」

住谷が改まった。

「はい」

話とはなにか、と剣之助は覚えず緊張した。

「じつは、このたび、我が江戸屋敷において、江戸詰の者の不可解な事件が発生した」

住谷がいきなりそのことを言いだしたので、剣之助は驚いた。

「先生」

自分が鶴岡にやって来たのもその件だと説明しようとしたが、住谷は剣之助を制して続けた。

「まず、御蔵方の役人で、沢野信次郎という者がいずこかに失踪した。いまだに行方がわからず、その動機も不明だ」

この話は先日、浜岡源吾から聞いたことだ。

「沢野信次郎は謹厳実直で生真面目《きまじめ》な男だ。その者がいきなりいなくなった。なんとも解せぬ」

住谷は顔をしかめ、

「それから、もうひとつ。吉原の遊女と心中した者がおるのだ。御徒組の大出俊太郎という者だ」

なぜ、住谷がこのような話を持ち出したのか。

「青柳どの。じつは、そなたに頼みがあるのだ」

住谷が声をひそめた。

「はい」

「このふたつの事件、どうも不可解だ。江戸表からの知らせはどうも要領を得ぬ。何かを隠しているように思えてならぬ」

なぜ、住谷がそこまで打ち明けるのか。

それより、このような大事な話を志乃がいる前で平然と話題にしたことも解せない。

剣之助の顔色を読んだように、浜岡源吾が口を開いた。

「じつは、城内において、ある噂を耳にした」

剣之助は浜岡の声に耳を傾けた。

「情死事件の検視をしたのが青柳剣一郎という与力だという知らせが江戸より届いた

のだ。そこに、青柳どのが鶴岡にやって来た。当然、ふたつを結びつけた者がいると考えていい」

浜岡は厳しい顔になり、

「先日、青柳どのが襲われたこと、まさにその者の仕業《しわざ》と思える」

「その者とはどなたなのですか」

剣之助はきいた。

「残念ながらわからぬ。だが、青柳どのを襲った連中は、村山ご城代一派の者ではない。江戸における情死事件の裏を探られてはまずいと思う者たちだ」

そのことは、剣之助も気がついていた。

「青柳どの。そなたが鶴岡に来た目的は、そのことにあるのか」

住谷がきいた。

「申し訳ありませぬ。隠し立てして」

「やはり、そうか」

住谷は納得したように頷く。

「私がこの鶴岡に参りましたのは、仰《おっしゃ》るように父の依頼により、情死した大出俊太郎どののことを調べるように命じられたからであります」

「お父上は、この情死のどのような点に疑問を抱いていると言うのか」

浜岡源吾が膝を進めてきいた。

「はい。手紙にはこうありました。まず、大出俊太郎どのは、昌平坂学問所の教官であられる儒学者の藤尾陣内さまの元に熱心に通われて、朱子学を学んでおられたとのこと。そのような者が遊女との色恋に溺れ、情死に走るのが不可解だという点」

「いかにも。大出俊太郎は下級武士ながら致道館への入学を許されたほどの男だ。遊女より学問をとる男だ」

「次に、大出どのは、お屋敷出入りの海産物問屋『出羽屋』から金を借りており、その返済を迫られていたと申します」

「なに、金を？」

住谷は驚いたように目を見開いた。

「はい。『出羽屋』が下級武士の大出どのに金を貸したことが信じられないと、父は疑っております」

「そのとおりだ。大出が金を借りても返す当てなどない。いや、『出羽屋』とて返す能力などないと判断出来るはずだ」

「最後にもうひとつ。情死の現場をご家臣の方が先に見つけ、大出どのの亡骸を中屋敷に運び入れ、その後に、奉行所に報告があったとのこと。これにつきましては、ご家名が傷つかぬような対処かと存じますが、なぜ、情死の現場をいち早く知ることが出来たのか」

うむ、と住谷は腕組みをして考え込んだ。

「ただ、検視によりますと、大出どのの腹の傷は自らの手によるもの、つまり切腹したことは間違いないとのこと」

「切腹に間違いないというのは妙だな」

住谷は目を閉じた。

「先生。大出俊太郎は私もよく知っていますが、決して女に溺れるような男ではありませぬ。正義感の強い真面目な男でした。切腹は何かの間違いではないでしょうか」

浜岡源吾が眉根を寄せて口をはさんだ。

大出俊太郎の情死事件について説明しながら、剣之助は頭の中で靄《もや》がかかっていたものが晴れてくるような感覚を味わっていた。だが、まだはっきりとした正体を現さない。

「青柳どの」

ふいに、住谷が目を見開いた。

「お父上に参考にしていただくために、話しておきたいことがある」

「はい」

「江戸の本所錦糸堀にある中屋敷には、我が殿のご寵愛《ちょうあい》のお紀代《きよ》の方がお住まいになっている」

「先生」

浜岡源吾が口をはさんだ。

「いかに、青柳どのとはいえ、御家のことを……」

「いや。いいのだ。確かに、わが酒井家の恥を晒《さら》すことかもしれぬ。だが、このまま放っておけば、この先、大きな禍根《かこん》になろう。私はお父上を信頼しておる。会ったこともない御仁《ごじん》を信頼するなど奇妙に思うかもしれないが、それほどの人物だと思っている。わしがこのようなことを打ち明けたと聞けば、わしの覚悟や思いを必ずや汲《く》み取ってくれるはず。わしが描いている青痣与力はそのような男だ。万が一、そうでなかったとしたら、わしの目が狂っていたことになる。そうであれば、わしは致道館でひとを指導するにふさわしくないということだ。そのときは潔《いさぎよ》く、身を引く」

住谷は悲壮な覚悟を淡々《たんたん》とした口調で言った。

「わかりました」

浜岡源吾は素直に引き下がった。

「青柳どのに、今のことを十分に含んでいただき、これからわしが話すことをお父上にお伝え願いたい」

「はい。承知いたしました」

剣之助は身を引き締めて答える。

では、と言ってから、住谷は語り始めた。

「我が殿の側室お紀代の方は、もともとは日本橋の大店《おおだな》の娘であったが、大奥に上がっていた女だ。それがひょんなことから殿のお目にとまり、殿が強引に側女《そばめ》にした。お目にかかったことはないが、たいそう美しいお方だと聞いている」

住谷は間を置いてから続けた。

「だが、お紀代の方は殿の寵愛をよいことに、贅沢三昧《ぜいたくざんまい》な暮らしをして、江戸の商人からもかなりの借財をしているらしい。じつは、このことは以前から噂されていた。大出俊太郎はそのことを調べていた形跡がある」

「では、大出どのは口封じのために？」

剣之助はきいた。

「そうではないかと思っているが、その証拠はない」

「行方不明だという沢野信次郎どのについてはいかがですか」

「いや。沢野については、こちらでもいろいろ調べてみたのだが、よくはわからぬ」

「大出どのと沢野どのは親しい間柄だったと聞いておりますが」

「御給人の大出と御家中の沢野と、ふたりに身分差はあったが、致道館時代は同窓《どうそう》であり、親しくしていたようだ」

　住谷が答える。

「青柳どの。お父上には、あくまでも極秘での探索をお願いしたい。御家の膿《うみ》は出したいが、御家の恥は晒したくない。どうか、よしなに」

　住谷が頭を下げた。

「先生。頭をお上げください。父は必ずや、よきように計らうはずです」

　剣之助は言ってから、疑問に思っていたことを口にした。

「このような重大事について話すのに、なぜ、志乃も同席させたのでしょうか」

「そのことか」

　住谷はすまなそうに、

「志乃どのには申し訳ないことをした。じつは、我らが青柳どのに会うことは当然、敵が知ることになろう。さすれば、我らと青柳どのが結託《けったく》したことを敵に悟られてしまう。それを防ぐために、志乃どのもお誘いした。さすれば、難しい話をしたとは思われないだろうという計算だ」

「そうでございましたか」

「志乃どの。申し訳ござらん」

浜岡も志乃に謝った。

「いえ、それでお役に立てたのなら本望でございます。それに、ごちそうをいただけたのですから」

志乃は明るく答えた。

「そう言っていただくと、安堵いたします」

浜岡は表情を和《やわ》らげた。

一瞬、和《なご》やかになった雰囲気《ふんいき》の中で、剣之助はあることを考えていた。

住谷はさっきから、しきりに敵という言葉を使っていた。まだ、正体が摑めていないと言っていたが、ほんとうは敵の見当がついているのではないかと思った。

ただ、証拠がないので、口にしないだけなのではないか。

「浜岡さま」

と、剣之助は浜岡源吾に顔を向けた。

「先日、浜岡さまの名を騙って、私を呼び出しに来た男を見つけました」

剣之助が言うと、浜岡は表情を変えた。

「なに、ほんとうか」

「はい。三の丸の十日町木戸に入って行きました。おそらく致道館に向かったのだと思います」

浜岡は住谷と顔を見合わせてから、再び剣之助を見た。

「青柳どの。名前も調べられたのか」

「はい」

「名は？」

「警護の侍が言うには、典学の島内儀平だそうです」

「島内儀平か」

また、浜岡は住谷と顔を見合わせた。

「お訊ねしたいのですが、この内川を挟んで、対岸にお屋敷がありますが、あれはどなたのお屋敷なのでしょうか」

「対岸の屋敷？」

住谷の目が鋭く光った。

いきなり、浜岡が立ち上がり、窓に向かった。そして、障子を開けた。冷たい風が吹き込んで来た。

剣之助も立ち上がり、浜岡の横に立った。

「あの杜の中にあるお屋敷です」

皓々《こうこう》と照る月の光が、鬱蒼とした杜に射している。

浜岡は黙って、元の場所に引き返した。

剣之助も障子を閉めて、志乃の隣に戻った。

浜岡は目顔で、住谷に何かを伝えた。住谷は頷き、剣之助に顔を向けた。

「あの屋敷は、致道館でわしと同じ司業を務める国木田源三郎《げんざぶろう》の別邸だ」

一度、会ったことがあると、剣之助は思い出した。鬢《びん》に白いものが目立つ、背の高い男だった。

「あんな立派な別邸を持てるのですか」

剣之助は不思議に思った。

「あのお方はとかく噂がある」

浜岡が苦い顔で言う。

「どのような噂でございますか」

「致道館を出た者は、やがて重要な役職につく。いずれ、勘定奉行《かんじょう》、郡奉行、代官などに昇進していくだろう。やがて、あのお方の息のかかった者が藩政の中枢《ちゅうすう》につけば、藩政を陰で操《あやつ》ることが出来るようになる。そのことをみてとった、目端《めはし》のきく商人は国木田詣《もう》でをはじめている。黙っていても、金が向こうからやって来る」

「あくまでも噂だ」

住谷が浜岡をたしなめるように言う。

「でも、そのようなことが可能なのですか」

「致道館にいるときから、国木田は優秀な子弟に目をつけ、何かと便宜《べんぎ》を図ってやる。そうやって恩を売っておく。学問をするのは将来の出世のためだと考えている連中が多いから、国木田に気にいられれば、出世できるという風潮《ふうちょう》が出来ているのだ」

浜岡は吐き捨て、さらに続けた。

「このままでは、国木田源三郎はご家老を差し置いて、陰で藩政を司《つかさど》る黒幕として君臨するようになるかもしれない」

「殿さまは、お気づきになられないのですか。なぜ、殿さまに注進が及ばないのですか」

「奴はそこに抜け目はない。兄の国木田源左衛門は江戸屋敷において用人をしている。我が殿に取り入っているのだ。国木田源三郎の悪い噂が殿の耳に入るようなことはない」

「国木田源左衛門さまは殿さまに気に入られているのですか」

「さよう。だから、殿の御寵愛の厚いお紀代の方の世話を命じられているのだ」

住谷が苦い顔で言う。

国元と江戸で、国木田兄弟が幅《はば》を利かせているようだ。

「国木田さまご兄弟は何かと気脈を通じておられるように見受けられますが」

剣之助は感想を述べた。

「だが、証拠はない」

住谷は無念そうに表情を曇らせた。

剣之助はさっきから気になっていたことがあった。なぜ、住谷と浜岡は大出俊太郎の情死について疑いを持ったのだろうか。

大出俊太郎はいかに優秀な生徒であろうが、所詮《しょせん》、下級武士だ。そんな男のことを、なぜこのように気にかけるのか。

今までの話を聞いていると、ふたりは国木田兄弟について、かねてより疑惑を抱いていたことが窺《うかが》える。

証拠がないので何も手出しが出来なかったというが、証拠を探そうとしなかったのか。

いや、そんなはずはない。国木田兄弟を追い詰める証拠を探し出そうといろいろ試みてきたのではないか。

そう考えれば、大出俊太郎の情死について疑問を抱いた理由がわかる。

住谷と浜岡は、江戸詰になった大出俊太郎に、側室お紀代の方と国木田源左衛門の暮らしぶりを調べるように命じていたのではないか。

その調べの糸口になるのが沢野信次郎だった。江戸にて、大出俊太郎は沢野に接触し、いろいろ事情を聞き出そうとしたのだ。そして、国木田源左衛門と海産物問屋『出羽屋』との不可解な関係に目をつけたのではないか。

「失礼ですが」

剣之助は住谷と浜岡の顔を交互に見て、

「大出俊太郎どのは何らかの使命を帯びて江戸に行かれたのではないですか。つまり、国木田源左衛門の様子を探らせたのではありませんか。そのために、沢野信次郎に接触させたのでは？」

と、鋭く問い詰めた。

住谷は剣之助の目を激しく見返し、

「さすが、青痣与力の子である。そのとおりだ。大出俊太郎は御給人でありながら、上昇志向の強い人間だった。そして、正義感にあふれていた。我らの期待に応えてくれる人間であった。だから、情死と聞いて、納得出来なかったのだ」

と、正直に打ち明けた。

「おおよそのことはわかりました。このことを、さっそく父に知らせてみます。きっと、父なら真相を暴《あば》いてくれるものと信じます」

「うむ。頼もしき言葉」

住谷は満足そうに言ってから、

「手紙を書いていただければ、わしのほうで出す」

と、言った。

「わかりました」

「志乃どの。このような話し合いになって申し訳なかった」

住谷が志乃に顔を向けた。

「いえ、とんでもありませぬ。とても、有意義でございました」

剣之助の目的が果たせる目処《めど》がついたからか、志乃の声は少し弾んでいた。

「よく出来た妻女どのだ。青柳どの、大事にされよ」

「はっ。ありがとうございます」

剣之助は覚えず低頭した。

浜岡が手を叩いた。

女将が顔を出した。

「駕籠をふたつ頼む」

「いえ、歩いて帰れます」

あわてて、剣之助が言う。

「遠慮するでない」

住谷がにこやかに言った。

「はい。では、お言葉に甘えて」

剣之助と志乃は住谷に別れの挨拶をし、浜岡と女将に見送られて、門前に待っていた駕籠に乗った。

「では、明朝、手紙を受け取りに参る」

浜岡が言う。

「はい。今夜中に書き上げておきます」

浜岡が離れると、別の人間が近寄って来て声をかけた。

「剣之助どの」

「あっ、大谷さま」

同心の大谷助三郎だった。

「浜岡さまから頼まれました。駕籠のあとからついて行きますからご安心を」

警護をしてくれるというのだ。志乃もいっしょなので、それはありがたかった。

「では、やってくれ」

大谷は駕籠かきに命じた。

へいと威勢のいい声が響き、駕籠が浮いた。

剣之助は駕籠に揺られながら、父への手紙の文面を頭の中で考えていた。夜になって、いっそう寒くなっていた。

五

翌日の昼過ぎ、剣一郎は雑司ヶ谷の鬼子母神境内に入り、銀杏の樹の傍らに立った。

剣一郎は編笠を指先で軽く押し上げ、空を見上げた。春の陽気だ。陽射しも柔らかい。

この陽気に誘われたように参詣客がぽつりぽつりとやって来る。鬼子母神は安産・子授けの神だ。

山門に人影が現れた。商人の格好をした新兵衛だ。後ろから女がついて来た。

「文助さん、どこにいるのさ」

女が辺りを見回して言う。お敏だ。小肥りの、色白の女だ。受け口で、男好きのする顔をしている。

薬種屋『山村屋』の番頭文助の名を利用して、新兵衛はお敏を呼んで来たのだ。

お敏は門前の茶店で叔母の手伝いをしていた。居候《いそうろう》していることが心苦しく、手伝いに出ているようだ。

「ちょっと、おまえさん。文助さんはいないじゃないか」

お敏が不機嫌になった。

「お敏さん。そこにいなさる」

新兵衛が銀杏の樹のほうを手で示した。

「おふざけじゃないよ。文助さんじゃないでしょう」

「いや、ふざけてはおらぬ」

剣一郎は樹の陰から出た。

「伝六の女房、お敏だな」

「おまえさん、誰なんだえ」

お敏は顔に険《けん》を作った。

剣一郎は笠をとった。お敏はまじまじと剣一郎の顔を見つめていたが、あっと声を上げた。

「青痣与力……」

いきなりお敏は引き返そうとした。

だが、新兵衛が立ちはだかった。

「お敏。観念するんだ」

新兵衛が鋭い声で一喝すると、お敏は竦み上がった。

「伝六はどこだ?」

剣一郎がきく。

「知らないよ」

お敏は憤然《ふんぜん》と言う。

「そうか。では、おまえだけ、しょっぴいて行くことにしよう。何の疑いかわかるな」

「何なのさ。わからないねえ」

「気の強い女だ」

新兵衛が呆《あき》れたように言う。

「お敏。わからなければ教えてやろう。『よしの家』のお栄殺しだ。そして、その亡骸をどこかに棄《す》てて隠した疑いだ」

剣一郎が言うと、お敏は顔色を変えた。

「お敏。思い出したか」

「知らないよ。なんのことかさっぱり」

「お栄を殺した上に、かどわかしを装って『よしの家』に千両を要求した。この悪《あく》逆《ぎゃく》非《ひ》道《どう》な振る舞いを問い詰められても、最後までしらを切りとおす。悔い改めようとせず、言い逃れようとする。間違いなく獄門《ごくもん》台に首を晒すことになる」

剣一郎が脅すと、お敏がひぇえっと声にならない悲鳴を上げた。

「違うよ。あれは違う」

お敏が懸命に訴える。

通りがかった参詣人が驚いて顔を向けた。

「お敏。言い分があれば、大番屋で聞こう」

お敏ががたがた震え出した。

「旦那。聞いておくれよ。あれは、あの女が子下ろし薬を飲むのをいやがったんだ。それで、伝六があの女の首を押さえつけて口の中に入れようとしたんだ。そしたら、死んでしまった。ほんとうだよ、旦那」

「なぜ、脅迫文を送ったのだ?」

「子下ろしのことが見つかると困るから、かどわかしに見せかけようとしたんだよ。ほんきで金を奪うつもりなんてなかったんだ。ほんとうだよ」

「死体はどこに埋めた?」

「知らないよ。伝六が仲間の松蔵といっしょに死体をどこかに埋めに行ったんだ」

「やはり、松蔵か」

新兵衛が口許を歪めた。

「伝六はどこへ行った?」

「知らない」

「知らないだと。この期《ご》に及んでも、まだとぼけるつもりか」

「ほんとうに知らないんだ。三日前に、どこかへ出掛けた。すぐ迎えに来ると言っていたけど、まだ戻って来ないんだよ」

「おまえを捨てて逃げたか」

新兵衛が言うと、お敏は顔面を蒼白《そうはく》にした。

「まさか、そんな……」

「お敏。伝六が行きそうな場所に心当たりはないか」

剣一郎は問いただす。

「ひょっとしたら」

お敏は何か思い出したようだ。

「どこかのお屋敷の奉公人になって、ほとぼりが冷めるのを待つのも手だとか言っていました」

「なるほど。旗本屋敷の中間《ちゆうげん》部屋にでももぐり込んだか」

剣一郎は大きく頷く。

「青柳さま。口入れ屋を当たってみます」

新兵衛が言う。

「そうしてもらおう」

そこに、門から数人の男が入って来た。この界隈を縄張りとしている定町廻り同心が岡っ引きを引き連れてやって来たのだ。

「青柳さま。遅くなりました」

同心が挨拶をする。

「ごくろう。この女を佐久間町《さくまちょう》の大番屋に連れて行ってくれ」

「畏まりました」

「もし、逃げたら、縛《しば》り上げてよい」

剣一郎はそう言い、お敏の身柄を同心に預けた。


剣一郎は夕方、雑司ヶ谷から米沢町の自身番にやって来た。

自身番の男が、

「植村さまが佐久間町の大番屋でお待ちだそうです」

と、伝えた。

「わかった」

剣一郎はすぐに自身番を出て、柳原《やなぎわら》通りから新《あたら》シ橋を渡って、佐久間町の大番屋に向かった。

日はだいぶ長くなっていた。まだ、辺りに明るさが残っている。

大番屋で、京之進が待っていた。お敏はまだやって来ていない。

「松蔵を捕まえておきました」

奥で、男が柱に結わかれていた。まだ、三十前の不敵な面構《つらがま》えの男だった。

「ごくろう。白状したか」

「いえ」

「お敏が白状した」

剣一郎の説明を聞いたあと、京之進は手下に、松蔵を引っ張り出すように言った。

松蔵は後ろ手に縛られたまま筵の上に座った。

「松蔵。お敏がすべて喋ったぞ」

京之進が顔を近づけて言った。

松蔵はふんとそっぽを向いた。

「よく聞け。松蔵」

京之進が続けた。

「おまえは伝六といっしょにお栄の亡骸をどこかに埋めに行ったのだ。違うか」

「知らねえな」

「往生際《おうじょうぎわ》が悪いな、松蔵」

剣一郎が松蔵の前にしゃがんだ。

「単に、伝六に頼まれて遺体を埋めたというだけなら流罪《るざい》で済むが、金目的でかどわかし、お栄を殺して埋めたとなると、言い訳はきかぬ。その首が胴体から離れると思え」

「俺は何もしらねえ」

松蔵は突っぱねたが、明らかに動揺していた。

「そうか。では、仕方ない。じきに、お敏がやって来る。お敏から、もう一度話を聞き出し、おまえの話とどっちが信用出来るか比べてみよう」

剣一郎はそう言い、松蔵の前から離れた。

松蔵は不安げな目で剣一郎の動きを追う。

「松蔵」

再び、京之進が問いかけた。

「伝六はいまだに行方が知れない。このまま伝六がいなくなれば、おまえひとりの犯行ということになる。もしかすると、お敏が伝六をかばって、おまえがお栄を殺したと言い張るかもしれない。そうなれば、おまえはおしまいだ」

「そんな脅しに乗るかえ」

松蔵は強がったが、顔からは血の気が引いていた。

それから四半刻（三十分）後に、お敏がしょっぴかれて来た。

「ごくろう」

剣一郎がねぎらった。

「途中、泣きわめいて、ずいぶん往生しました」

連れて来た同心が苦笑して言う。

「お敏。ここに松蔵がいる。松蔵は、伝六から頼まれてはいないそうだ。すると、おまえは嘘をついたのか」

剣一郎はわざと挑発した。

「おや、松蔵さん。どういうことだえ」

お敏が松蔵を睨み付けた。

「どうもこうもねえ。俺を道連れにするのはやめてくれ」

「なにが道連れなものか。おまえだって、子下ろしの仕事をずっと手伝って来たんじゃないか。おまえと伝六は同じ穴の狢《むじな》だよ」

「なんだと」

「おい、松蔵。お栄を早く冷たい土の中から出してやるんだ。いつまでも放りっぱなしにされていては、お栄が可哀そうだ。どこに埋めたか言うんだ」

松蔵の片頬が痙攣《けいれん》したように震えた。

もうすぐだ。もうすぐ落ちる。剣一郎は焦る心を抑えた。

もう外は真っ暗だ。たとえ、松蔵が今、白状しても、夜が明けなければ死体の探索は出来まい。焦ることはない。もう一度、剣一郎は自分に言い聞かせた。

「少し、頭を冷やす時間を与えてやろう」

剣一郎は京之進に言った。

新兵衛が伝六の行方を追っている。伝六さえ捕まえれば、松蔵とて観念するはずだ。

「青柳さま。あとは我らで」

京之進が剣一郎に言う。

「そうか。何か動きがあったら、屋敷まで使いを寄越してくれ」

「畏まりました」

剣一郎は大番屋を出た。

翌朝、朝餉《あさげ》をとり終わったあと、新兵衛がやって来た。

「朝早くに申し訳ございませぬ」

「よい。伝六が見つかったのか」

「はい。見つけました。市《いち》ヶ谷《や》にある三百石の旗本の屋敷に渡り中間としてもぐり込んでおりました」

「ごくろうであった」

「口入れ屋の主人に事情を話したところ、自分が紹介した者が人殺しであったと知って驚き、うまく屋敷から連れ出すと約束してくれました。まだ、召し抱えたばかりで、相手の旗本に対してはうまく言い訳をするとのこと」

本来は、武家奉公人は、譜代の家来が召し抱えられていた。だが、武士の家計が困《こん》窮《きゅう》し、多くの家来や奉公人を抱えておくことが出来なくなった。そこで、臨時雇いの奉公人を使うようになった。

伝六も、そんな旗本屋敷に渡り中間としてもぐり込んだのだ。

「よし。屋敷から出て来たところを、京之進に召し捕らせよう」

剣一郎はようやく安堵のため息を漏らした。

すぐに外出の支度をし、新兵衛と共に大番屋に出向いた。

戸を開けると、京之進がいた。ここに泊まったのか、無精髭が伸びている。

「松蔵はまだ喋りません」

「ゆうべは帰らなかったのか」

「はい。万が一、喋る気になるやもしれぬと考えました。だが、だめでした」

「新兵衛が伝六を見つけた」

「見つけましたか」

疲労の色の滲《にじ》んでいた京之進の表情が輝いた。

「市ヶ谷の旗本屋敷だ。新兵衛と段取りを決め、手の者を連れて捕縛に行って欲しい」

「わかりました」

剣一郎は奥にある仮牢に行った。

松蔵は壁に寄り掛かって目を開けていた。

「松蔵。伝六の居場所がわかった。今日中にここに連れて来られよう」

「えっ」

「伝六に先に喋られたら、おまえはますます不利になる。その覚悟を決めておけ」

そう言い、剣一郎が去ろうとすると、松蔵は這《は》うように格子のところまでやって来

て、

「旦那。あっしと伝六とで十万坪に埋めた」

と、ついに白状した。

「十万坪だと」

江戸の町のゴミで埋め立てて作った広大な土地だ。

「十万坪のどこだ？」

「一橋《ひとつばし》家のお屋敷が正面に見えました」

「よし。そこへ行き、教えるのだ」

剣一郎は奉行所に手配のために戻った。


その日の午後、剣一郎は深川十万坪にやって来た。一橋家の下屋敷の横に広がっている。殺風景《さっぷうけい》な場所だ。

奉行所から小者や鍬《くわ》や鋤《すき》を持った手伝いの者もかき集められていた。

「松蔵。場所を示せ」

剣一郎は言う。

「へい」

松蔵は困惑した顔で、辺りを見回した。

「あんときは真夜中でして」

伝六がいれば、記憶も蘇《よみがえ》り易《やす》いかもしれない。

だだっぴろい場所に死体を埋めようとするなら、どこを選ぶか。

剣一郎は自分が犯罪者になったつもりで辺りを見回してみた。大きな枯《か》れ木が一本立っていた。

人間の気持ちとして、だだっぴろい場所の中では無意識のうちに何かの目印を探すのではないか。

だとすると、あの枯れ木だ。

「松蔵。あの枯れ木の場所はどうだ」

「へえ。あっしも、確かに木があった記憶があるんですが、もっと遠い場所だったように記憶しているんです」

確かに、あの枯れ木は広大な土地の中では端っこのほうになる。

だんだん、陽が傾いて来た。なんとしてでも、日没までに見つけたいと、剣一郎は焦りを覚えた。

「旦那。やっぱりそうかもしれねえ。あの枯れ木だ。あんときはまっすぐ歩いたんじゃねえ。ぐるぐると歩きまわったから、遠く感じられたんだ」

松蔵が思い出した。

「よし。あの枯れ木の周囲を掘れ」

剣一郎は小者たちに命じた。

三ヵ所に分かれて掘りはじめた。西陽が一橋家の屋根の上から射している。風もひんやり感じられてきた。

最初の穴はだいぶ掘り下げられたが、死体は出て来なかった。あとの二ヵ所からも出て来ない。場所をずらして、再び掘り始める。

すると、枯れ木の反対側を掘っていた小者が叫んだ。

「見つかりました」

その声に、剣一郎は移動する。

穴を覗くと、くすんだ赤い色が目に入り、帯が見えた。

今度は小者が這いつくばって手で土を払う。だんだん、全身が現れた。土の中だったせいか、それほど腐乱《ふらん》は進んでいなかった。

「お栄か」

剣一郎は松蔵にきいた。

「へえ。あっしが埋めたのはこの女です」

松蔵の声が震えた。

西陽がお栄の顔に射し、まるで生きているかのように輝いていた。剣一郎が静かに手を合わせると、その場にいた者もいっせいに合掌した。

「さあ、出してあげるのだ。丁重にな」

剣一郎の声に、小者たちがいっせいに穴に向かった。

お栄の亡骸は戸板に乗せられた。剣一郎は喉に絞められた跡を見つけた。お敏の言うように、お栄は首を絞められて死んだのだ。

さらに、お栄は大八車に移された。

そのとき、青柳さまと、緊張した声で呼ばれた。

枯れ木の向こう側を掘っていた者たちが、呆然と穴の中を見ていた。剣一郎はそこに行った。

そして、穴の中を覗いた。

羽織の一部が覗いていた。武士の死体だとわかった。

「出せ」

剣一郎の声に、はっと我に返ったように、小者たちは武士の死体を土から出した。

羽織の紋所《もんどころ》を見て、あっと叫んだ。

片喰《かたばみ》の家紋は庄内藩酒井家の紋所だった。

十万坪の原野を浚《さら》って冷たい風が吹いた。酒井家の紋所を見つめたまま、剣一郎の頭の中はめまぐるしく回転していた。

六

翌日、奉行所に出仕した剣一郎は、宇野清左衛門と長谷川四郎兵衛に、お栄事件の報告をした。

「お栄を殺害したのは伝六であり、それを隠蔽するためにかどわかしに偽装したものでした。薬で死んだことにして知太郎を脅し、金をだまし取り、亀戸町より逃走したのです。伝六も昨夜のうちに捕まえ、お敏、松蔵とともに仮牢に留めてあります」

経緯を話してから、

「お栄の亡骸は、昨夜のうちに『よしの家』の三左衛門のもとに返しました」

と、剣一郎は無念そうに言った。最初から、お栄は死んでいたとはいえ、生きたお栄を送り届けられなかったことにやりきれない思いでいたのだ。

「青柳どの。ご苦労であった」

宇野清左衛門が剣一郎を労《いたわ》った。

「いえ。それより、妙なことになりました」

「妙なこと」

清左衛門が鋭い目で見返した。

「お栄が埋められている近くから、武士の死体が発見されました。遺体は奉行所に運んでありますが、身につけていた羽織の紋所は片喰紋」

「片喰紋とな」

「はい。庄内藩酒井家のものと思われます」

「酒井家だと」

それまで剣一郎の報告を不機嫌そうにきいていた長谷川四郎兵衛が目を剝《む》いて声を発した。

「はい。酒井家の家臣が何者かに惨殺され、十万坪に埋められていたのです。腐敗の度合いからして、お栄より少し前に殺されているものと思われます」

「酒井家からはそのような報告はない」

宇野清左衛門が不思議そうに言った。

「酒井家では先月、情死事件があったばかり。そのことにも不審な点があり、そのうえ、その情死事件とほぼ同じ時期に家臣が殺されていた。ぜひ、事情をお伺いしたい旨を、用人の国木田源左衛門どのにお頼み願えませんでしょうか」

「それは当然のこと。家臣が殺され、よりによって埋められていたのだから。のう、長谷川どの」

宇野清左衛門がわざわざそう言ったのは、長谷川四郎兵衛に難癖《なんくせ》をつけられて、妨《さまた》げられることを警戒して、先手を打ったのだ。

「しかし……」

四郎兵衛が何か言おうとした。それを遮るように、剣一郎は言う。

「もちろん、この件は世間に漏れぬように配慮いたします。したがいまして、私がこっそりお屋敷にお伺いします」

庄内藩酒井家の上屋敷は神田橋御門を入ったところにある。用人の国木田源左衛門は常日頃は上屋敷にいるのだ。

「早いほうがよい。すぐに酒井家に使いを出しましょうぞ。のう、長谷川どの」

宇野清左衛門は有無を言わさぬように言った。

長谷川四郎兵衛は渋い顔で頷いた。

剣一郎が酒井家用人の国木田源左衛門と会ったのは、その日の夕方であった。

ただ、剣一郎が上屋敷に出向いたのではなく、国木田が南町奉行所までやって来た。

国木田と剣一郎のほかに宇野清左衛門と長谷川四郎兵衛も同席した。

「今、亡骸を見て来た。確かに、あの者は我が藩の家臣で沢野信次郎と申すもの」

国木田が語りはじめた。

「じつは、沢野信次郎は先月半ば過ぎより姿を晦ましておりました。失踪の理由もわからず、そのままになっておりました」

「沢野どのはどのようなお方なのですか」

「御蔵方に勤めます、二百石の知行取りにござる。この件、おそらく、我が家中の者とのいさかいが原因かと存じる。ご不審な点もござろうが、あとは我らの手にて始末をつけたい。供に支度をさせて参りましたから、これから亡骸を引き取らせていただく」

国木田が強引に言った。

「お待ちください」

剣一郎が腰を浮かせかけた国木田に声をかけた。

「なにか」

不快そうな表情で、国木田が腰を下ろした。

「酒井家では、ほぼ同じ頃に、大出俊太郎なるご家来が吉原の花魁と情死をしております。この情死についても、不可解な点がございます」

「なにを申す、ご無礼ではござらぬか。そんな過ぎた古いことを持ち出さないでもらいたい」

「青柳どの。言葉が過ぎようぞ」

長谷川四郎兵衛が口をはさみ、

「国木田さま。どうぞ、亡骸をお引き取りください。あとのことは、国木田さまのよろしいように」

と、へつらうように言った。

「なりませぬ」

剣一郎は大声を出した。

「青柳どの。身分を弁《わきま》えよ」

四郎兵衛が顔を紅潮させた。

しかし、四郎兵衛の叱責にもめげず、剣一郎は敢然《かんぜん》と立ち向かった。

「国木田さま。あの亡骸についてはもう少し、しらべたい儀があり、お渡しするわけには参りません」

「なに」

国木田は青筋を立てた。

「情死事件とほぼ同じ時期の惨殺《ざんさつ》事件。このまま見捨てておくわけにも参りません。どうぞ、ご了承くださるように伏《ふ》してお願いいたします」

「そなたは、我が殿を侮辱《ぶじょく》されるのか」

「とんでもありませぬ」

「長谷川どの。この者、ただちに奉行所をやめさせよ。さもなければ、我が殿からお奉行に話をつけてもらう。それでも、よいのか」

国木田が憤然と立ち上がった。

「どうぞ、穏便に」

四郎兵衛はあわてふためいた。

「では、亡骸を引き取る」

「それはお断りいたします」

剣一郎は一歩も引かずに言い張った。

剣一郎は自分の迂闊《うかつ》さに、今気づいたのだ。

大出俊太郎から情死に結びつくものは何も見つけ出せなかった。情死した武士を大出俊太郎だと言ったのは国木田源左衛門である。果たして、あれはほんとうに大出俊太郎だったのか。

自分は、あの死体を大出俊太郎と思い込まされていたのではないか。

そうだとしたら、新たに発見された死者の名前を沢野信次郎だと断定した、国木田の言葉が疑わしくなる。

もっと、他の者に死体を検《あらた》めさせるのだ。剣一郎はそう覚悟を決めた。

「そなたは、死者を奉行所の庭になど放っておいて平気なのか」

国木田は顔を引きつらせて言う。

「いえ。なるたけお早めにお返しいたします」

「いつだ。いつ引き渡すのだ？」

「明日中には」

「だめだ。明朝だ。明朝、引き取りに来る。もし、拒否するなら、酒井家として断固、お奉行に抗議申し上げる。よいな」

「わかりました」

剣一郎は素直に引き下がった。

乱暴に部屋を出て行った国木田を、長谷川四郎兵衛があわてて追って行った。

「青柳どの。所存をお聞かせ願えまいか」

宇野清左衛門がきいた。

「あの亡骸、誠に沢野信次郎かどうか、疑わしいのです」

「どういうことか」

剣一郎は自分の考えを話した。

「うむ」

清左衛門は唸ってから、

「しかし、あの者の顔を誰に見てもらうのだ。国木田どのの息のかかった者に見せても、意味がない」

「はい、ひとりだけ心当たりがございます」

剣一郎が答えたとき、長谷川四郎兵衛が息巻いて帰って来た。

「青柳どの。なんということをしてくれたのだ。酒井家といえば、ご譜代の大名で、お奉行も……」

「長谷川どの」

清左衛門が口をはさんだ。

「ともかく、明日の朝まで待ちましょう。青柳どの。早く、手配を」

「畏まりました」

剣一郎は長谷川四郎兵衛の罵声《ばせい》を背中に聞きながら、部屋を出て行った。


夜の帳《とばり》が下りていた。

与力部屋で、剣一郎は落ち着かなかった。すでに六つ半（午後七時）を過ぎている。

当番方の若い与力がやって来た。

「藤尾さまがお見えになりました」

「来たか」

剣一郎は勇んで立ち上がった。

さっき、剣一郎は昌平坂学問所に教官の藤尾陣内を訪ね、事情を話し、亡骸の顔を見て欲しいと頼んだ。

夕方まで講義などがあり、そのあとにお伺いするという返事だった。

玄関に出て行くと、藤尾陣内が待っていた。

「青柳どの。遅くなって申し訳ございませんでした」

藤尾陣内が丁寧に詫びる。

「いえ、お忙しいところを申し訳ございません。さっそく」

剣一郎は庭に出て、裏にまわった。

粗末な小屋のような建屋の中に亡骸が納められている。

線香の煙が立ち込めているが、かなり、死体の臭いがきつい。藤尾陣内も袂で口と鼻を押さえながら小屋に入った。

板敷きの上に敷いたござの上に亡骸がある。剣一郎は小者に筵《むしろ》をめくるように言った。

小者がゆっくりと筵をめくった。行灯の明かりに亡骸の顔が浮かび上がる。

藤尾陣内がそっと顔を覗き込んだ。しばらく凝視《ぎようし》したのち、藤尾陣内は短く叫んだ。そして、言った。

「大出どのでござる。大出俊太郎どのだ」

「間違いはございませんか」

「間違いない。太い眉に、顎《あご》の張った顔。大出どのだ。これは、どういうことでござるか。では、あの情死の侍というのは？」

　藤尾陣内がきく。

「別人でした。あの者が、大出俊太郎として始末されたのです」

花鶴という遊女と情死したのは沢野信次郎だったのだ。何かの事情で、大出俊太郎の死因を隠す必要があり、情死したことにしたのだ。

　藤尾陣内を見送ってから、剣一郎は、まだ奉行所に残っている宇野清左衛門と長谷川四郎兵衛に、そのことを話した。

　長谷川四郎兵衛は言葉を失っていた。

七

　鶴岡の剣之助は志乃と共に、『越前屋』の主人千右衛門に暇乞《いとまご》いをした。

「すっかりお世話になり、お礼の言葉もございません」

「とんでもありませぬ。何もできず、心苦しいばかりです」

「これ以上のことを望んだらばちが当たります。ほんとうにありがとうございました。皆さまにもお世話になりました」

剣之助は奉公人たちにも別れの挨拶をした。

「志乃さま。お元気で」

いつも食事の面倒をみてくれた女中が志乃の手をとって泣いている。

「それでは」

剣之助と志乃は『越前屋』から表通りに出た。

「あとはあっしたちが船乗り場までお送りいたします」

多助が越前屋に言う。

多助と京太が付き添い、剣之助と志乃は『越前屋』をあとにした。

「いいひとたちでしたわ」

志乃がしみじみと言う。

「でも、寂しくなるな。剣之助さんがいなくなると」

京太が泣きそうな声で言う。

「京太。泣くな。みっともねえ」

多助が叱る。

「でも、急だもの。もう少し、いてくれると思ったんだけど」

「すみません」

剣之助も、ここで父からの返事を待つつもりでいた。だが、酒田からこちらにやって来た商人から、ふとした噂を耳にした。庄五郎が、剣之助の帰りを待ち望んでいるという。

それで急遽《きゅうきょ》帰ることにしたのだ。何かがあったのかもしれない。恩義ある庄五郎に危険が迫っているなら、すぐにでも駆けつけなくてはならないのだ。『越前屋』に、手紙が届いたら酒田の『万屋』まで手紙を送ってくれるように頼んだ。

きのう雪が降り、内川の土手も雪で埋まっていた。

船乗り場に、浜岡源吾が待っていた。

「浜岡さま。わざわざ」

急に帰ることになったと、きのうのうちに住谷荘八郎や浜岡源吾にも伝えてあった。

「住谷先生がくれぐれもよろしくとのこと」

「はい。先生にもよろしくお伝えください。あとのことはよろしくお願いいたします」

江戸での動き次第によっては、住谷も立ち上がると言っていた。そろそろ手紙は江戸に届く頃だ。あの手紙により、父がどう動くか。必ずや、住谷や浜岡の期待に応えるだろうと、剣之助は父を思った。

「剣之助どのを襲ったのは、大目付の手の者とわかった」

「大目付？」

「国木田どのが大目付を動かしたのだ。公儀の密偵が、致道館で朱子学を排斥している実情の探索にやって来た。場合によっては面倒なことになるから、こっそり始末せよとの申し入れがあり、大目付が動いた次第」

二度目の襲撃時に指揮をとっていた巨軀の男には、単なる浪人とは違う雰囲気があったことを思い出した。

「己《おのれ》の悪行のことがあるから、国木田どのは何事にも神経過敏になって、警戒が強くなっていたようだ」

「そうだったのですか」

「では、剣之助どの、志乃どの。ご堅固で」

浜岡が言う。

剣之助と志乃は川船に乗りこむ。船には、酒田に向かう商人が数人乗った。

「剣之助さん、さよなら」

京太が泣き声で叫んだ。

川船はゆっくり動きだした。川の両側は雪で覆われている。志乃の目に涙を見て、剣之助はふと感傷的な気持ちになって、遠ざかって行く鶴岡の町をじっと見つめた。


その日の午後、剣一郎は長谷川四郎兵衛に呼ばれた。

そして、こう言われたのだ。

「酒井家の一件から手を引くこと。お奉行の命令である」

四郎兵衛は高飛車《たかびしゃ》に言った。

あくまでも酒井家の問題であり、奉行所が首を突っ込むものではないというのが、お奉行の言葉だった。

早朝、大出俊太郎の亡骸は酒井家の家臣に引き取られて行った。

剣一郎は国木田源左衛門への面会を申し込んだのだが、断られた。

今月は南町が月番であり、月番のお奉行は毎朝、朝四つに登城し、八つ頃に帰って来る。

この日、お城から帰って来たお奉行は長谷川四郎兵衛を通して、酒井家の一件から手を引くように命じたのである。

おそらく、お城で、酒井家の殿さまからお奉行に話があったのであろう。

お奉行から手を引けとの厳命を受け、もはや、剣一郎は何も出来なかった。

その代わりなのか、剣一郎の頼みを聞き入れ、札差『大国屋』の知太郎に罪は及ばないことになった。

もはや、真相は剣一郎の手の届かない場所に行ってしまった。

剣一郎はなんともすっきりしない気持ちのまま、二日経った夕方、奉行所から帰宅すると、多恵が出て来て、

「剣之助から書状が届いています」

と、差し出した。

着替えを忘れ、剣一郎は継裃のまま、手紙を開いた。

そこには、中屋敷に住む側室のお紀代の方の贅沢な暮らしに付け込み、用人の国木田源左衛門は商人から藩として莫大《ばくだい》な借金をし、その中から金を着服し、私腹を肥やしている疑いがあると書いてあり、その探索を御給人の大出俊太郎がしていた。そのために、御家中の沢野信次郎という男に接近していた。沢野信次郎は国木田源左衛門に近い人間である。

そういったことが書いてあった。

「そうか。これですべて説明がついた」

剣一郎は覚えず呟いた。

国木田源左衛門が金を借りている商人というのは海産物問屋の『出羽屋』だ。沢野信次郎もそこから金を借り、吉原に行っていたに違いない。花鶴と抜き差しならぬ仲になって、やがて情死をするが、これに手を貸したのが『出羽屋』の番頭の富次だ。富次は、情死の現場を見つけたと言っていたが、じつは花鶴の脱廓を手伝ったのに違いない。

そして、手伝っておきながら、富次はそのことを国木田源左衛門に密告した。

国木田は、大出俊太郎が国元から何か言われてきていることに感づいていた。このままでは危険だと、沢野信次郎に大出俊太郎を始末させたのではないか。沢野信次郎の情死の理由には、大出俊太郎を殺した良心の呵責《かしやく》もあったのだろう。

富次から知らせを受けた国木田は、これを利用することにした。

大出俊太郎が情死したことにすれば、疑いは自分たちに向けられない。国木田はそう考えたのだろう。

剣一郎はどうしても国木田源左衛門に会わねばならないと思った。

だが、剣一郎が屋敷に出向いても、会うことは叶うまい。

そこで、剣一郎が向かったのは『出羽屋』だった。

剣一郎は仙台堀にかかる亀久橋の近くにある『出羽屋』に行った。

剣一郎は客間に通され、主人の豊五郎と差し向かいになり、自分の推測を話した。

豊五郎は途中から脂汗《あぶらあせ》をかいていた。

「以上の弁明を、ぜひ国木田源左衛門どのにお会いしてお聞きしたい。取り次ぎを頼む」

剣一郎は有無を言わせなかった。

「畏まりました。どのようにいたせばよろしいでしょうか」

「それは、国木田どのにお任せする。いや、明日、奉行所に来ていただきたいと」

そう言い、剣一郎は『出羽屋』を辞去した。

翌日、剣一郎は奉行所で国木田を待った。

しかし、昼間まで待っても、やって来なかった。

八つ過ぎに、お奉行がお城から帰って来た。長谷川四郎兵衛がすぐに飛んで行った。

もし、国木田が来なければ、こっちから屋敷まで出向く。その覚悟でいたところ、ようやく、国木田源左衛門からの使いが来た。

本所錦糸堀にある酒井家中屋敷にて会うというものだった。

宇野清左衛門にそのことを知らせ、夕方になって、剣一郎は酒井家中屋敷に単身で向かった。

中屋敷に辿り着くと、剣一郎は玄関で大刀をとられ、御広間に通された。

「しばし、お待ちを」

案内の侍は緊張した顔つきで言い、部屋を出て行った。

静かだ。だが、ひとの気配は感じる。

四半刻（三十分）後に、国木田源左衛門がやって来た。

「お待たせいたした」

国木田源左衛門は剣一郎の向かいに座った。

「お忙しい中、お時間を賜りまして……」

剣一郎が言うと、国木田が制した。

「いや。青柳どのの誤解を解かねばならぬでな」

国木田は口辺に冷たい笑みを浮かべて続けた。

「じつは、先日、深川十万坪で見つかった武士こそ大出俊太郎であった。そして、心中したのは沢野信次郎という者」

国木田はあっさり事実を認めたが、さらに、臆面《おくめん》もなく続けた。

「沢野信次郎は大出俊太郎に何らかの遺恨を抱いていたようだ。おそらく、沢野は大出を十万坪に呼び出して殺害し、その後に遊女と心中したのであろう。沢野信次郎の名誉のため、遊女と心中した相手を身分の低い大出俊太郎にしたのだ。その点では、そなたに偽りを申したことになる。これも、御家を思ってのこと。どうか、お許し願いたい」

「ならば、なぜ、そのことを隠していたのでございますか。最初から、そのことを明らかにしていたら、私もそのまま受け入れていたかもしれません」

「うむ。今から思えば、そうすればよかった」

「いいえ。そう出来ぬ事情がおありだったのではありませぬか」

剣一郎は鋭く突いた。

「なに」

「大出俊太郎が沢野信次郎に殺されたことを国表に知られてはまずいことがあった。そうではございませぬか」

「何を言うか」

国木田の顔色が変わった。

「大出俊太郎は国表より、ある密命を帯びて江戸にやって来た。そのために、沢野信次郎に近づき、事実を探ろうとした。沢野信次郎は国木田どのの指示で『出羽屋』に出入りし……」

「作り話はよせ」

国木田は剣一郎の口を塞《ふさ》ぐように大きな声を出した。

「沢野信次郎に大出俊太郎を殺すように命じたのは、国木田どの、あなたではござらぬか」

「聞き捨てならぬ」

国木田は顔を紅潮させた。

「わしが、なぜそのようなことをせねばならぬのだ」

「ご側室お紀代の方が『出羽屋』から借金をし、贅沢な暮らしをしているとの噂。じつは、国木田どのが私腹を肥やしていると……」

「黙れ、黙れ。いい加減なことを言いおって」

国木田は立ち上がった。

「言いがかりをつけ、我が藩を貶《おとし》めようとする不埒《ふらち》な奴。許してはおけぬ。出会え、出会えおれ」

国木田が叫ぶと、襖が開いて、三人のたすき掛けの武士が現れ、剣一郎に白刃を突きつけた。

剣一郎は素早く立ち上がり、

「国木田どの。悪あがきはやめられよ」

と、一喝した。

「ええい、斬れ。斬ってしまえ」

いきなり、ひとりが斬りかかってきた。剣一郎は脇差を抜いて、相手の剣をはじき返した。

「やめるのだ。そなたたちも目を覚ませ。国木田どのの命令に、なぜ従う。御家に泥を塗《ぬ》るつもりか」

「構わぬ。斬れ。斬るのだ」

国木田は狂ったように叫ぶ。

剣を構えて侍がじわじわと迫って来た。

剣一郎は壁際まで追い詰められた。

左から、鋭い剣尖《けんせん》が襲いかかった。剣一郎は素早く相手の懐に飛び込み、相手の小手を斬った。

うめき声を発して、その侍がうずくまる。

そのとき、襖が勢いよく開き、大音声《だいおんじょう》が響きわたった。

「控えよ。控えるのだ」

老武士が叫び、その後ろから威厳に満ちた武士が現れた。気品のある容姿に、剣一郎はたちまち後ろに下がって平伏した。藩主の酒井忠器《ただかた》公に違いない。

国木田源左衛門も身構えていた侍たちもあわてて刀を引き、後退《あとずさ》って平伏した。

老武士が剣一郎に向かった。

「青柳剣一郎どのであるな」

老武士が声を発した。

「はっ。青柳剣一郎にございます」

いったん面を上げ、剣一郎は再び平伏した。

「江戸家老の板戸主水《いたどもんど》である。今朝、南町奉行所の宇野清左衛門どのが我が屋敷にやって来た。それで、急ぎ、殿とともに駆けつけた次第である」

「源左衛門。この騒ぎ、何事か」

酒井公が甲高い声で言った。

国木田源左衛門は膝を進め、必死の形相《ぎょうそう》で、

「この者。我が藩を貶めようとあらぬ疑いをかけ……」

「黙れ。源左衛門。そちは殿の信頼をよいことに、お紀代の方さまも利用し、私腹を肥やしていたこと、もはや明白である」

板戸主水が国木田を叱りつけた。

「殿。私には何のことか」

「源左衛門。この期に及んで、見苦しいぞ」

酒井公が一喝する。

ははあ、と国木田は平伏した。

「最前よりのやりとり、すべて隣の部屋で聞いていた。かねてより、そちのことで進言する者もおった。だが、わしはそちを信頼し、聞く耳を持たずにいた。わしは、裏切られた思いぞ」

酒井公は悔しそうに言った。

平伏している国木田の肩が震えている。

「もはや、これまで」

いきなり、国木田は立ち上がり、庭に向かって駆け出した。腹を切るつもりなの

だ。

　剣一郎はその前に立ちふさがった。

「青柳どの。武士の情け。退いてくだされ」

　国木田が哀願した。

「国木田。勝手な真似は許さん」

　酒井公が悲しげな顔で叫ぶと、国木田はその場にがっくりとくずおれた。すかさず、板戸主水の命令で、上屋敷からやって来た侍たちが国木田を押さえつけた。

　国木田の命令に従っていた侍も、すでに神妙になっている。

「青柳剣一郎どの。このたびの儀、ご苦労でござった」

　板戸主水が剣一郎に声をかけた。

「青柳剣一郎。大儀であった。そちの働き、ありがたく思うぞ」

　酒井公も剣一郎に声をかけた。

「もったいないお言葉」

　剣一郎は平伏する。

「わしは国木田源左衛門を信頼し、すべてを任せていた。それが、このような結果になり、我が不明を恥じるばかりだ。これをきっかけに、国表にいる国木田の弟の罪をも問いただす。どうか、わしに免じて、この騒ぎの始末、我が方に任せていただきたい」

「もちろんでございます」

この殿さまなら、きっと藩の汚れを一掃するだろう。『出羽屋』もお屋敷の出入りが差し止めになるはずだ。

やっと終わったと、剣一郎は安堵の吐息を漏らした。

翌日、江戸での顚末《てんまつ》を書いて、剣一郎は鶴岡の『越前屋』宛てに送った。このたびの、剣之助の働きを讃《たた》えた。

数日後、剣一郎は深編笠をかぶり、天王町の札差『大国屋』に行った。

店先から中を覗いたが、知太郎の姿は見えない。

そこに大国屋文右衛門が近づいて来た。

「青柳さま」

「大国屋」

「このたびはまことにありがとうございました。じつは、知太郎はお栄さんの霊をとむらい、また、これまでの自分の生き方を反省するために、西国三十三所巡礼の旅に出ました」

「それはよかった。きっと成長して帰って来よう」

「お栄さんの家のほうには先日、いっしょにお詫びに上がりました」

文右衛門の明るい顔に別れを告げ、剣一郎は浅草に向かった。そして、浅草寺境内を抜けて、浅草田圃を突っ切り、箕輪に向かった。

浄閑寺に花鶴が葬られた。なぜか、手を合わせてあげたくなった。

桜の花が咲いている。酒田・鶴岡は花の季節にはまだ間があるのだろうと、剣一郎はすっかりたくましくなった剣之助のことを思い出していた。

一〇〇字書評

向島心中

切・り・取・り・線

購買動機（新聞、雑誌名を記入するか、あるいは○をつけてください）

- □（　　　　　　　　　　　　）の広告を見て
- □（　　　　　　　　　　　　）の書評を見て
- □ 知人のすすめで
- □ タイトルに惹かれて
- □ カバーが良かったから
- □ 内容が面白そうだから
- □ 好きな作家だから
- □ 好きな分野の本だから

・最近、最も感銘を受けた作品名をお書き下さい

・あなたのお好きな作家名をお書き下さい

・その他、ご要望がありましたらお書き下さい

住所	〒				
氏名		職業		年齢	
Eメール	※携帯には配信できません		新刊情報等のメール配信を 希望する・しない		

この本の感想を、編集部までお寄せいただけたらありがたく存じます。今後の企画の参考にさせていただきます。Eメールでも結構です。

いただいた「一〇〇字書評」は、新聞・雑誌等に紹介させていただくことがあります。その場合はお礼として特製図書カードを差し上げます。

前ページの原稿用紙に書評をお書きの上、切り取り、左記までお送り下さい。宛先の住所は不要です。

なお、ご記入いただいたお名前、ご住所等は、書評紹介の事前了解、謝礼のお届けのためだけに利用し、そのほかの目的のために利用することはありません。

〒一〇一－八七〇一
祥伝社文庫編集長　清水寿明
電話　〇三（三二六五）二〇八〇

祥伝社ホームページの「ブックレビュー」からも、書き込めます。
www.shodensha.co.jp/bookreview

祥伝社文庫

向島心中《むこうじましんじゅう》　風烈廻《ふうれつまわ》り与力《よりき》・青柳剣一郎《あおやぎけんいちろう》

平成22年2月20日　初版第1刷発行
令和4年2月15日　第4刷発行

著　者　小杉健治《こすぎけんじ》

発行者　辻　浩明

発行所　祥伝社《しょうでんしゃ》
東京都千代田区神田神保町3-3
〒101-8701
電話　03（3265）2081（販売部）
電話　03（3265）2080（編集部）
電話　03（3265）3622（業務部）
www.shodensha.co.jp

印刷所　堀内印刷
製本所　ナショナル製本

 ISBN978-4-396-33556-4 C0193